해
낙
낙

시인의일요일시집 **016**

해낙낙

1판 1쇄 펴냄 2023년 6월 29일
1판 2쇄 펴냄 2023년 11월 7일

지 은 이 조성국
펴 낸 이 김경희
펴 낸 곳 시인의일요일

표지·본문디자인 노블애드
경영지원 양정열

출판등록 제2021-000085호
주   소 경기도 용인시 기흥구 연원로42번길 2
전   화 031-890-2004
팩   스 031-890-2005
전자우편 sundaypoet@naver.com
블 로 그 https://blog.naver.com/sundaypoet

ISBN 979-11-92732-07-7 (03810)

값 12,000원

해
낙
낙

조성국 시집

일부러 갖지 않으려고 한 것은 아니었으나,
켜켜이 포개어 둔
가진 것을 비워 가듯 내버리려 애썼다

그 덕분에 내가 참 많이 가벼워졌다 해낙낙해졌다

도반이라 여겼던 이들에게 아직 동지애
남아 있으리란
헛된 꿈도 깨게 해 주었다

차 례

1부 씨익, 한번 웃게 하는

2부   꿈속 같고 전생의 어느 한때와 같은

3부   길속이 트였다

1부

씨익, 한번 웃게 하는

……해낙낙하니 웃었다

딸애가 넹택없이 바라는 걸 일거에

무찔러 버렸더니

밥 안 먹는다고

땅바닥 나뒹굴며 뒈지게 울며불며 뗑깡을 부린다

글다가 달게는 사람이 통 없으니까

이리저리 둘러보며 아무도 없어 보이니까

바른 손등과 손바닥을 번갈아서 눈두덩 쓱 문질러 닦고는

흙 묻은 옷자락 탈탈 털며

지 혼자 밥 먹는 것을 넌지시 훔쳐보며

해낙낙하니 웃었다

도둑 제 발 저리듯

서리하듯 상추 뜯고 풋고추 따 왔다
시시로 오이 가지 애호박도 몰래 따 가지고 왔다
금당산 산책길의 텃밭
이마 머리 푸르스름하고 궁둥이가
하야말쑥한 무도 뽑아 먹었다
뽑아 먹다 보면
돌멩이라도 가로막았는지
두더지 땅강아지가 괴롭혔는지
두 갈래 지고 세 갈래 진 홍당무에 놀라며 솔솔 재미를 붙이었는데
올해에는 헌 종이박스에 다음과 같이 쓴 푯말이 꽂혔다

알 만한 사람 같아서 작년보다
재작년보다 더 많이 심어 놓았습니다 주인백

하여 나는 뜨끔했다
덕전德田이라 생각하기보다는, 사유재산이므로
형사처벌하겠다는
경고보다 훨씬 더 찔렸다

뒤끝

밖에서 실컷 뛰어놀던 다섯 살배기 딸애가
후다닥 새립으로 뛰어 들어와서는
마당 한구석 목련나무 밑에 들입다 앉아
붉으락푸르락 이맛살 잔뜩 찌푸리며 끙끙 밑문을 열었다,
닫았다 하는가 싶더니
포르르 뛰쳐나가지 뭡니까
뒤 닦아 달란 말도 없이
금세 눌러 나가 버린 냄새를 파묻으려고 옷소매 걷어붙이고
삽 한 자루 챙겨 가 봤더니 글쎄
목련나무가 얼른 향기를 내뿜으며 누런 꽃이파리를
똥 닦은 휴지조각마냥 뒤덮고 있지 뭡니까

헌금

어김없이 노인은 성당 입구에
행차하셨다
맞닥뜨린 사람마다 대뜸 손바닥부터 내미는 것을
개의치 않았다
제 손녀뻘쯤이나 될 듯한
앳된 딸애한테도 막무가내 졸라 댔다
주룽지팡이 짚고
이롱증 심히 앓았으나 행색만은 새물내가 물씬 풍겼다
갸름한 면상에다 귀밑머리 바짝 깎아 올려
여간 강단져 보이는 것이 꼭 내 육친같이 살가웠다
하여 광신자도 아닌 내가
생급스러운 아내 등쌀 못 이겨 부활절 예배 올 때
십일조하려던 빳빳한 새 돈
몽땅 건네주고
미사 끝날 때쯤 헌금함 돌면 얼렁뚱땅 돈 내는 시늉만 했던
성당 뜰 목련나무 아래서 고해를
성사하듯
희맑은 면사포의 성모상을 올려다봤더니
지긋이 웃는 눈치다

접문接吻

성당 성모마리아가
똑바로 쳐다보는 데도 입맞춤한다
스스럼없이
순백한 면사포를 쓴 신의 눈길이 두렵기보다는
증인 서 주길 바라서다
곤때에 찌든 옷차림의 몰골이 맥쩍었으나
이를 감추지 않는 너와,
너 같은 내가 당당해서다

별게 아닌데 하고 나면 기분 좋아졌다

그냥 지나치기가 꺼림칙해서

흉 진 다릴 드러낸 채 넙죽 엎드려 두 손 벌린 바구니에
동전 서푼
살짝 던져 주었을 뿐인데

물건 사고 거슬러 받은
그까짓 것이
무슨 대수라고 맘이 우쭐해진다 여봐라는 듯 보무가 당당해진다

되레 내가
큰절까지 받으며 융숭하게 적선 받은 셈이다

신문

날 밝기가 무섭게
툭 던져 놓고 갔다 새 자전거
공짜로 준다는 꼬드김에 빠져 덜컥 구독을
신청했던 거였다 또
몇 달 동안 공것으로 넣어 준다고 해서
보다가 끊을 속셈이었는데
어찌나 민첩하던지
그만 넣으라고 말할 틈도 주지 않고 달아나 버렸다
하도 어안이 벙벙해서 나도 개 조심 경고문처럼 대문짝에
구독사절이라고 써 붙여 놓았더니 글쎄
그 밑에다 붉은 사인펜으로
바르게 삽시다, 라고 큼직하게 답장 적고는
꼬박꼬박 배달하는 것을
냅다 물리치진 못했다

불쾌한 목례

쿵쿵 뛰어다니는
발걸음 소릴 따지러 위층 올라갔더니 글쎄
아비 된 듯한 자가
제 뺨을 지가 때리면서 아이를 불러
긴 구둣주걱으로 호되게 패는 거다
너무 기가 차서 더 이상 아무런 말도 못 하고
쿵쿵 짓까부는 어린 발걸음 소릴 벌써 수삼 년째 들으며
간혹 아비 된 듯한 자를 승강기 안에서 마주치기라도 하면
불편하기 짝이 없는,
움패고 퀭한 눈빛으로 인사를
데면데면 나누었다

은화

일용직 대기소 밥 빌러 갔다 퇴짜 맞은 줄도 모르고
팔뚝에 가만 딸애를 베어 누이며
옹망추니 사로잠 든 모습이 찡하니 저려 와서
방문 들어서다 말고 담배 한 대 참 굽는데,
누가 흘렸을까
전깃불도 숨차 오르며 깜박거리는 외진 골목
갓 깨진 방범등 아래 반짝이는 걸 우러러보는 내 어섯 눈빛도
이젠 흉허물 되진 않겠다 싶어 딸애 가운데 끼고 눕는데,
누가 주었을까
고사리순같이 굽은 손아귀에 도르르 말아 쥔,
쭉 활개 핀 재두루미 새긴 동전 한 닢 치어다보는
때마침 잠꼬대 부리는 작달막한 내자
생계 잇던 일을 귀여겨듣고는 이리저리 몸을 뒤척이는데,
딸애 바른쪽 손이
내 손가락을 가만 움켜쥔다 새근새근 잠에 들어
한 겹 두 겹 내뿜는 숨을 내 숨에 포갠다

불로동 회억

등나무 넝쿨 파다했다
화실과 출판사가 세 들어 살던 적산가옥
춘화도 츱츱하게 나붙은 다다미방
예술가들 북적거렸다

종종 낮술 불콰한 꼴마리 까고
얼금숨숨 구멍 슨 함석 문짝의 재래 변소
발 딛는 판자때기 금 간 줄 모르고
흰 목 잦히다가 똥통에 빠지고는 했다

구두 뒤축 꺾어 신고 가서는
민족적 형식과 전형과 세계관을 형상하듯 묵상하시다가
무심코 올리던 바지 지퍼에
뚝 까진 끄트머리가 걸려 단말마 내지르기도 하였다

무릎 구부리며 아랫도릴 붙잡고
이리 비틀 저리 비틀 온몸을 비비 꼬며 발버둥 치던,
사금파리 유리 조각 촘촘히 꽂힌 담장 너머

오다가다 안면 트고 지낸
뒤웅스러워서 정이 안 가는 이 풋낯의
환쟁이 한 분을 사직공원 행길에서 우연히 마주쳤는데
수묵처럼 번지는 한여름 밤

광주천 다리 질러
홍등 불그레하게 정종 냄새 풍기는
목롯집 야비다리 피우며 들어서려다 말고
화들짝 놀라며
나이 걸맞지 않게 고른 잇바디 헤벌쭉거려
나로 하여금 코 끄뎅이 꽉 쥔 채
씨익, 한번 웃게 하던

좀벌레 슨 외투와 같이

좀벌레 슨 겨울 외투를 하복과 같이,
군데군데 갉아 먹힌 남방을
동절기 피복인 양 걸친 어르신이 오그리고 앉아 계신다
종종 문화예술회관 정문 육교에서
삶의 방식이나 된 듯
길바닥 밥줄 삼아 빈 깡통 내려놓고 멀뚱멀뚱 쳐다보고 계신다
가끔 은빛 동전이라도 짤랑거리는 땐 쾌재의 눈빛을
초롱초롱 치뜨기는 걸 잘 알고 있으면서도 나는
먼 산 보듯 그냥 지나친다
운암동 재래시장 돼지국밥 먹고 남은 거스름 동전조차
베풀지 못한 주제에 이맛살만 잔뜩 찌푸린다
어쩌다 불 꺼진 광주전남작가회의 화장실
몰래 숨어들어 양치하고 대걸레처럼 떡져 있는 장발 헹구고
변기통 물로 때 닦듯 목욕하다 들킨, 들켜서 죄지은 양 팬티
차림으로
냅다 도망치는 뒷덜미를 물끄러미 쳐다보며
모쪼록 청탁 온 시구절이나 만들어 볼 요량으로
한 구절 두 구절 사이의 빈 데를 채워 보는데

다 쓴 치약 칫솔 손잡이로 꽉꽉 눌러 짜듯 밤늦은 길고양이
새끼 울음과 같이
배불뚝이 재활용 종량제 쓰레기봉투 할퀴어 뒤지듯이
안 나오는 어미 젖 억지로 빨아 대듯 이 꼭지
저 꼭지 옮겨 대는 입주둥이처럼 파고들길 마다하지 않던
내가 하등의 어르신보다
더 나을 게 없다는 생각을 여러 번 해 본다

만년필

성기는 족보 쓰는 신성한 필기구다
낙서하지 말자*
라는, 시구절을 보다가 문득 든 생각이었을 것이다

아마도 검정 교복 어깨맡에 허연 지게미
수북수북 쌓이던 때였을 것이다
거치스름한 거웃이
한창 우거지던 무렵이었을 것이다
나도 몰래 숨어서 급히 깔겨 쓴 낙서를 좀 하긴 했으나
낯부끄럽고 쪽팔려서
스스로 자책하듯 참고 또 참아도 보았을 것이다

어루더듬어 보면
지방대학 정문께 통일서각 열고 인문사회과학이나 몇 권 팔아
볼 속셈으로
밤새껏 학습하고
사업한답시고 농공단지 유리공장 붙박여서 좆뺑이치거나, 그
렇지 않으면

영업 접대한답시고
맨날 단란주점 술깨나 처먹느라 족보를
부지런히 써 보기는커녕
벌써 잉크 굳어 버린 만년필 꼴이 되었으니
여자 구박도 솔찬히 얻어들을 것이다

그래도 혹시나 해서
좀 뜨끈뜨끈한 물에 잠시 담가 두면 몇 글자쯤 쓸 수 있겠거니
흑심도
애써 품어 보았으나
좆도, 신성한 필기구가 되기에는 아예 글러 버렸다

* 함민복의 시「자위」에서 빌려 왔다.

남자의 뿌리

내외하듯 떨어져 살던 담넘엇집 형이요
모처럼 큰맘 먹고 씩씩대며 거친 사랑을 시도하였다는데요

간호사 출신에다 비뇨기학과 접장인,
부실하기 짝이 없는 남자의 뿌리를 익히 아는 형수한테
은근히 핀잔기 섞인 통 꽤나 얻어들었다는데요

느닷없이 당신, 약 먹었지
추문해 대듯 꼬나보는 통에 아연실색하며 딱 잡아떼기는 했다
는데요

얼굴 묘하게 일그러진 웃음기나 흘리며 하도 풀죽은 듯해서
속으로 배꼽 잡고
그저 실없이 따라 웃긴 웃었지만

내가 다 어찌나 쪽팔리는지, 형이 먹었다는 그 약
한 톨 얻으려다 그만두고 말았다니까요 억지 아양을 떨던 말도
목구멍 속으로 쏙 내려가 버리더라니까요

우스갯소리

수배 전단 인상착의 문안에
일견 미남형이라는 문구를 들먹였다 송기숙 선생은
국가가 나를 미남으로 인정했다고 강조하며 주장하였다
그 거쿨지는 달변에 고갤 끄덕이는,
이적단체 고무하고 찬양한 데다가
적을 이롭게 하는 표현물 제작하고 배포해서 지명수배받은
내 생김새와 옷차림에는
국가를 전복시키는
극렬분자의 범죄형이라 표기되어서 그런지 몰라도
밤낮없이 쫓기는 꿈만 자주 꾼다

반성

먼 우주의 일을
주술하듯 시로 읊던 윤천 형이
종영이 형이 이랬다

미워하면
자꾸 미워하다 보면 저주가 서린단다
무당기가 발동해 화를 꼭 입힌단다
그래서 엔간하면 꾹 참는단다

그 말에 무척 찔렸다 나는
입대하자마자 고무신 거꾸로 바꿔 싣고 간 여자
십 리도 못 가
발병 났다는 소릴 들었었고

아까 참엔 의절해 버린 그자가
뇌종양 수술하러 입원했다는 소식을 전해 듣고는
한없이 짠하고 미안했다

퍼부은 저주가 되돌아오듯
몸뚱아리가 삼일 낮밤 아리고 저리며
곡소리처럼 구슬펐다

낮술

여태 나 기다리는 이는 없고 또 내가
기다리는 여자 오도 않고
거울어질 점심참이라 그리 붐비지 않고
대낮부터 생선 배를 쨌던 단골집
닳고 둔해진
회칼 나무 도마에 세워 꽂아 둔 채
솔곤한 머릴 수그렸다가 쳐들고
소르르 기우는 머릴 못 이긴 듯 자빠질 뻔하다 제풀에 깜짝 놀라
반개한 눈 번쩍 뜨고
비시감치 이번엔 바른쪽으로 간득거리며
코 골아 대는 걸 봐서는
틀림없이 나자빠질 것만 같고
깨울까 말까 나는 주저하고
무료해져 홀짝홀짝 마신 술값을 쳐서 탁자에다 가만 놓아두고
나올까 말까 망설이고
우당탕 엎어진 여주인 그때야 민망한 듯
넓둥그랗게 해맑은 눈웃음치고
이무럽게 거꾸로 서서 뭉드러진 사시미 칼날을 깨우듯

물 적신 숫돌에 비스름히 뉘며

손힘 주고

스삭스삭 다 갈고 난 칼을 들어 엄지손으로 날을 가늠해 보고,
잠이 확 깬 듯

냉큼 썰어 온 세꼬시 한 점 씹으며

깜박 든 쪽잠 얼마나 싱싱하고 고소했는지 알 것 같고

마침하여 고대하던 여자는 우럭 같은 눈망울에다 아이섀도 짙
게 발라

꿈결처럼 오고

인자서 온다며 다그치는 나도 그만 대포 기운 흠뻑 돌아

비몽사몽 어디

딴 세상 같은 어느 먼 데를 잠깐 헤매다 선녀를 만난 것 같고

백주에 비틀비틀 군드러진 어깻죽지 부축하는

지 여자도 못 알아본다고

우악스럽게 퉁바리깨나 얻어들으며

옆구릴 냅다 꼬집혔어도 크게 아프지 않은

낮술 한잔 어떠신지요?

출장

1
넌지시 부아 치민다
평당 일억 상당 호가하는 아파트 관리사무실에서
방화유리 설치공사 계약을 맺다 말고
근동의 산등성이 오르고는 한다
매일같이 집회결사 끊이지 않는 정부청사 지나서
과천향교 에돌아
산정 언저리 암자까지 올라가서는

좀 있이 산다고 뇌꼴스럽게 재 쌓으며, 야비하게 깎고
  또 깎으려 드는 세대주 욕도 됫박으로 퍼부으며 수질 판정 적
합한 약수 떠 마시고

뺕도 들지 않는 자리 꽃순 틔었다가 송이째 지는 소리
  손뼉 치듯 제 몸을 결딴내는 절창의 폭포 소리 차오르는 날피
라미 소리 새소리
  염불 외는 독경 소리 듣다가

내 또래쯤 되어 보이는
대여섯 번 봤어도 볼 때마다 자꾸 이끌리는 목덜미에
고가의 목걸이 미소처럼 반짝이며 촉촉한 목소리로 살살거리며
어설프게 사정할 때에는
어려운 흥정에 이골이 난 장돌뱅이 말투마냥
잠시 일던 동요를 새삼 떠올리다가,

깎아지른 벼랑에 묘기 부리듯 달라붙은 제비집 같은 암자를 올려다보며
못다 이룬 나의 빈 재정 상태를 채우는
계약의 과욕도
고가 아파트 살 어림없는 공상에도 잠깐 젖어 보며
아니꼽게 치미는 울화를 가만 누그러뜨린다

2
생각보다 훨씬 많은 계약 체결하고 이만하면 제법 밥벌이했다 싶어
겨르로이

푹신한 초특급 모텔 방의 물침대에 드러누워 문득

이 근동
어디엔가 산다는 옛사랑의 근황을 수소문했다가 들통나듯

그예 정부청사 쪽 단식농성 천막에서 들려오는 칼칼한 전라도
말투의
확성기 소리

잔뜩 볼물어서 쏘아붙이는 투다

만추

시내 금남지하상가를 들고나는 층계참

무릎 꿇고 넙죽 엎드려 손 벌린 바구니에 가로수 은행잎이 가득 찬다

경로우대석

분홍 덮개 씌운 시내버스 의자에서
초등학생쯤 돼 보이는 아이가 벌떡 일어서며 자릴 내주자
내심 당황했다

처음 닥친 일이라서,
선뜻 앉을 자릴 내주기만 하던 내가
인자부턴 그지간 내준 걸
되돌려받을 나잇살깨나 먹었다는 것을 일깨워 주는 듯해서

나로 인해 세상이 조금 달라지는 것도 없으면서
우대받듯 해서

달리는 유리창
괜히 밀어젖히고 찬바람이나 쏘이며 오래
오래 흰 머리카락만 휘날렸다

××정보산업학교

시 창작 수업하러 여기만 오면
괜히 졸아든 것이다
죄지은 양 오줌이 마려워서 화장실 찾아
긴 쇠창살 복도를 지나치는데, 사물함 가지런한 교실 안이
꿰비치는 것이다
갓 입학한 까까머리 몇몇이
줄느런히 결가부좌를 틀고 앉았고 또 몇몇은 엎드려뻗친 채
허리 높이의 관물대에 양다릴 거치하고는
대가리를 처박은 것이다
또 몇몇은 무릎을 꿇린 채 얼마나 처맞았는지
눈두덩과 볼따구니 입술이 시퍼렇게 멍이 든 것이다
그걸 낱낱이 감시카메라 켜 지켜보며 짐짓 못 본 체하는
갱생의 학교에서 소피를 급히 누는데
대강 안이 들여다보이는 쪽창 틈새로 어머니,
어머니를 나직이 부르며 흐느끼는 소리가
여러 번 새어 나오는 것이다

암환자가 될 거라는 큰누나의 믿음은

삼십 년 차 천주교 신자가
환희에 찬 목소리로 외쳤다 할렐루야!
할렐루야! 할렐루야!

하도 호들갑 떨어 복권에라도 당첨된 줄 알았다

보름 전 젖가슴 속에 홍반의 매화가 만개한 꿈을 꾸고 나서
아무래도 예감이 좋지 않다고 건강검진을 받았었다*
덜컥 암 진단이 나왔는데
그것이 행운이었다

유대한답시고
성당 교우들한테 예의 삼아 쪼금씩 들어놓은 여러 개의 보험에서
수십억이 너끈히 나온다고 하였다

그 돈이면 아파트의 남은 대출금 갚고 중소기업하다 부도난
자형의 보증 빚도 갚고 딸내미 학교도 서울로 보내고
거기에다 실손보험에서 수술비도 나오고 해서

진심으로 기뻐 보였다
저녁 미사 성가와 같이 청아해졌다

엄마도 막내 여동생도 모두 암 걸린 전력이 있던 터라
반드시 암환자가 될 거라며 내 명의로 보험
서너 개를 덜컥 계약해 주었다 축복의
성수를 뿌려 주기나 하듯이

* 박상영 소설 「우럭 한 점 우주의 맛」에서 문장을 빌려 와 고쳐 적었다.

백반증

병문안 간 고샅 벼랑박에 엉켜 붙은 마삭줄
자잘한 꽃향기를
양 볼딱지에 새하얗게 묻히고 왔더니, 버짐이 핀다
그 향에
들끓던 해충도 세모진 대가리의 파충도 피해 간다고 했으니
피부병 잘 고친다고 이름난 의원
진찰 받으러 가는 일 하루이틀 미루다 보니
시뿌연 얼룩이 점점 더 번진다

요양원

얼이 쑥 빠진 와병 정신 차리자, 금이빨 틀니부터 찾는다
제일 먼저 밥부터 달라고 생떼를 쓴다
사경 헤매다 드디어 무엇인가를 크게 깨달은 바 있다는 듯
고수련하던 맏형한테 노발대발 꾸짖는다
상조보험회사 연락하며 빈 장례식장 수소문하던 형수도 연명
치료하듯
미음 한술 떠먹이며 마주친 눈빛 애써 피하며
쩔쩔매다 무슨 그릇된 짓이나 저지르다 들킨 것마냥 굽죄이며
바짝 목젖이 타는지
문안 온 과즙 캔 서너 개씩이나 뚝 따서 연거푸 들이켠다

생각해 보면 안락한 여생을 꿈꾸던 아버지가
개방형 묘원에 전시된 산송장 다 돼서 벌인 일이었다

부의

지나가는 말투로
언제 밥 한번 같이 먹자더니
진짜로 나를
불러들여 약속을 지켰다

흰 비닐 상보 깔고
일회용 접시에다 마른안주와
돼지고기 수육과 새우젓과 코다리찜과 홍어와
게맛살 낀 산적과 새 김치 도라지무침을 내오고
막 덥힌 육개장에 공깃밥 말아 먹이며
반주 한잔도 곁들어 주었다

약소하게나마 밥값은 내가 냈다

2부

꿈속 같고 전생의 어느 한때와 같은

저녁의 여러 말

술 빚은 매실을 화단 한 귀퉁이에 쏟아 버린
해거름께 집비둘기
무심코 몇 알 쪼아 먹었다가 비뚤배뚤 처자빠지는 애저녁
송곳니 발톱을 누그러뜨린 길냥이
탱탱 분 젖무덤을 출렁거리는 어미마냥
애 맡기고 일 나갔다가 들어오는 초저녁 급가속 차에 치여
반쯤 으깨어진 눈동자 간신히 치켜뜨고
가물가물 뿜는 인광을 모르는 채 내버려 둔 다저녁때
뺑소니치듯 귀가해선
재수없다는 듯 생피 묻힌 사실을
홀하게 고백하며 푸르딩딩 뻗친 힘줄의 젖가슴을 물리는 밤저녁
밥물 하얗게 끓어 넘치며
고슬고슬 밥 익다 못해 새까맣게 눌어붙은,
굴풋하니 새끼고양이 울음만 애처로운 야심한 밤에 자꾸 켕긴다며
죄로 간 듯이 또 한번 젖가슴 차올라
찡하게 저린다는 여자의 뒤를 따라나서는 늦저녁

집

수수깡으로 외를 엮고
그 위에 볏짚 섞은 황토 발라 벽을 친 초가에서
귀가 빠지고 자랐다 검정 고무신만큼이나
발등 새카맣던
외딴 읍내 발령받은 아버지를 따라가서
대나무로 외를 엮고 회칠한 일본식 관사에서 곁방 살았고
청년 시절에는 시멘트 블록 쌓고
양회 칠한 개량주택에서 하숙 자취하며 살았다, 또
카키색 복장 차려입고 내무반 침상에 줄지어 잠도 들었었고
이적단체 고무하고 찬양하다,
얼마간 한속 추위가 이는 흰 벽 하얀 방에 갇혀 살던
이력이 붙었으나
장가들어 솔가해선 붉은 벽돌의 이층 단독주택, 빚보증서 말
아먹고
유산 받듯 철근에다 콘크리트 입힌 고층 골조아파트에
스위치 하나 눌러
방 덥히고 물과 불과 바람을 끌어올려
여태껏 깃들어 살며

야들야들하리만치 길들어진 내가
점점 견고한 곳으로 옮겨 사는 꼴이었으나 내가 생각하기로는
당성냥 긋듯 군불 때며
옹색하게 삼대의 열두 식구와 함께 지긋지긋 지내며
고봉은 아니어도 그들먹한 사기그릇의 밥을 든든하니 먹었어도
금방 배가 꺼지는 단칸방 윗목
대나무 발로 엮은 고구마 뒤주와 푸른 누룩이 피는
나어린 집이 가장 슬거웠다

분가

두세 촉 옮겨 심는다
생가에서 삼십여 년 나와 동거했던 수선화
처음 몇 년은 호되게 몸살 앓더니
나도 따라
물설고 낯설어 풀 죽은 듯 시름시름 앓아 주었더니
이제야 겨우 자릴 잡는다
언제 그랬냐 싶게 샛노란 꽃봉오리를 켠다
집 떠나 딴살림 차린 내 몸살을 가라앉혀 준다
의젓하니 고층 베란다 화원의 식구가 다 된 너로 인해
굳이 입춘의 대길을 일러 받지 않아도 되겠다

가장

머릴 앞으로 쭉 내밀고
행중을 이끄는 우두머리 숧이 뭉텅 빠졌다
빠진 정수리께서 눈서리 김이
무럭무럭 피어난다
있는 힘껏 얼음장 헤쳐 가는,
그 뒤를 줄레줄레 따르는 애리한 기러기처럼이나
볼딱지 터져 시려도
마냥 신이 난 열두 식구 들이끌고 가는 어깻죽지

싱싱해지는, 춥고 힘들어서 외려 분명한
생이 그다지 낯설지가 않다

이종양반

바지게에다 망웃돔
고봉으로 퍼 담아 짊어지고는
한줄금 갑작비에 젖어
예배당 왔습니다

본의 아니게
다소곳이 엎드린 잔등께서 아지랑이 훈김 내뿜듯
스멀거리는 잿간 두엄 냄새

주기도문 잘도 외며 설교하던 전도사조차
코끝을 틀어쥐었습니다

들으나마나
보리떡 다섯 개와 물고기 두 마리로 오천 명 먹였다는
하나님 아버지의
전지전능한 은총도
온통 구린내 끼치는 논밭 통속이어서
신성한 찬송가조차 코맹맹이 소리로 울려도

어찌해 볼 도리가 없었습니다

고린내 물씬거리는 내내
찬양 목청만 우렁찬 전도관의 젖은 거름 냄새로부터 헌금 받듯
새물내 풍기는 옷과 밥과 제금나는 살림을
유산처럼 물려받은 나는
성령 일 듯
쿠린내 여간 끼치는 할아버지의
또 다른 함자 이종양반
하나님의 또 다른 이름이어서, 모가지 잔뜩 찬송의 핏대를
또 한번 높이 치켜세웠습니다

거룩한 종교인 양
여태
할아버지 이름 앞에 이마를 조아리며
열렬히 신앙하며 살았습니다

아버지의 농사

전공 서적에서 배운 건 아니다
뒤란 대밭의 뿌릴 캐내고
대추나무 매실 단감나무 심고 남새 가꾸는,

농과대학 다니며 익힌 것은
더욱 아니다
황토 발라 삼베 올 친친 동여매 접붙였던
밑동에서부터 두 갈래로 갈라진 가지 사이에
도끼보다 더 크고
옹골찬 돌멩이 박듯 끼워 넣고
째지지 않게 덧나지 않게
그러니까 솎아 낸 잡초랄지
호미 낫 걸쳐 놓고 가끔은 묵직한 곡괭이 쇠스랑 권속을 기대어서
꼬박 버티게 하는,

부목 없이 팽팽히 굽은 나뭇가지에 몇 접이나 되는 과실을
흐드러지게 매달은 일

박학하고 다문한 지도교수로부터 사사 받은 것은 더더욱
아니다
알게 모르게 할아버지의 농사를
어깨너머 지켜본 아버지로선
제 몸에 다다귀다다귀 딸린 열두 식구 거뜬히 건사하듯
버겁다 내색 한번 하지 않는다

외려 과수 한 톨 열리지 않는 해거리에도
밑거름 한번 더 주며 묵은 나뭇가지를
이발하듯 잘 다듬어 준다

아버지의 잠

대청마루 엎드려 책 보는 등짝
베개 삼아 드러눕는 난닝구의 주름이 자드락길 같다
요요하거나 우뚝 솟지 않은 산협의
겨드랑이에서
뻗어 나온 듯 바른 팔
이마를 거쳐 꺾인 채 왼손을 느슨히 맞잡는다
다문 입과 지긋하게 감은 눈동자 사이
슬쩍 드러나는 미간의 주름과 들숨 날숨이 나직한 콧구멍,
둥근 귓바퀴 중간쯤 짧게 쳐올린 상고머리가 여간 강단져
보인다
자존을 잃지 않고 세월을 관통한 농본의 일력이
곤한 휴식에 들면서도 긴장을 풀지 않는다
잠 깰 때까지
시종 옴짝달싹 않고 엎드려 짓눌린 채
책장마저 시부저기 넘기는 것도 넘긴 것이지만
검지를 입술 한가운데 꼿꼿하게 세워 살랑거리는 강아지의
꼬리마저 단속하는 나는
흙 묻은, 잘 씻어서 엎어 둔 흰 고무신 바짝 말라 가는 동안에도

등 보이지 않으려고 반듯하게 누워 자는 아버지의 잠
이어받듯 지켜본 터여서
등 돌려 모로 눕는 잠버릇이 없는지도 모른다

곰국

딸애 먹일 젖을 유리옹기에 담아 두었더니
곰국인 줄로 안 모양이다

조석으로 밥술을 떠먹여 주는,
먹여 주어야만
오물오물 잘도 받아먹는 웬 꼬마 아이가 침 흘리며 밥상머리
뒷전
냉장 문을 힐끗힐끗 쳐다본다
어처구니없이 이가 송송 빠진 합죽한 입맛을 쩝쩝 다시고만 계신다

매번 미아 신고 받은 경찰차에 실려 오는 날에는
소뼈 우려
텁텁한 양지머리 곰국으로 노망기 다스린다는 걸 어디서 귀담
아들은 눈치여서

얼레거나 달래이지 않고 그냥 모르는 척
눈빛으로나
양껏 잡숫게 내버려 둔 한참 뒤에서야

아부지, 인자, 며느리 젖이 보타져 버렸는디 어쩔라요, 농을
쳤더니

눈동자 휘둥그레지며 도리질을 치는 거다 딸애한테
얼럴럴 까꿍,
까꿍, 아양 떨며 간드러진 재롱을 피운다

호루라기

휘슬이 울리자
꽃핀 닭꼬치 뻥튀기 야채튀김 호떡 어묵꼬치가
잽싸게 손수레를 끕니다
생선 비늘 묻은 전대 차고
끄떡끄떡 조는 비린내 깜짝 놀라 후다닥 뜁니다
따라서 한입 거리도 안 되는 붕어빵 끼니 삼아 입에 물던
나물 푸성귀도 얼른 내뺍니다
유니버시아드 성화가 뛰어가는 길거릴 정비한답시고
지악스러운 들때밑같이
독 오른 눈동자 지름을 치떠 키우던 동사무소
주무관이 주춤거리는가 싶더니 눈총을 감그려뜨립니다
넌지시 뒤돌아서며 찡그린 이맛살을 가만 누그러뜨립니다

길가 한데에 벌여 놓은
애티 어린,
머윗대 도라지 껍질을 도려내다 새까맣게 진물 밴
손끝이
누런 나비 모양의 상장喪章을 단 옷섶 단추 끌러서
젖가슴을 물리는 중이었습니다

매병

눈썹은 길고 미간은 넓고
오똑한 코에다 입술 도톰하고 파인 볼우물 아담하고
단정한 갈래머리에다
실낱같은 웃음이 눈꼬리에 살짝 걸린
장롱 속 흑백사진의
이팔청춘 아가씨를 꺼내 보이며
홀딱 반했다고,
해서 중매라도 서 달라고
시룽시룽 아양 떨며 능청을 부렸더니
하는 짓거리가 꼭 지 애빌 쏙 빼다 박았다고, 꼴도 보기 싫다며
곧바로 무찔러 버린다
길쭉한 말상의 얼굴로 말하는 투까지 빼닮았다고
단박에 퇴짜를 놓는다
고갤 절레절레 흔들며 엄니가
망령 깊은 울 엄니가
잠깐 환생하듯 제정신으로 돌아오는가 싶더니
금방 또 딴소릴 부린다
며느리가 밥도 안 주고 구박한다고
일러바친다

본가

마당 한가운데 줄지어 잇따라 선 국화
꺾꽂이 실습해 놓은 아버지의 외줄기 꽃봉오리가
고봉밥만 해져 등 굽었다

좌골신경통인가
퇴행성관절염인가 앓던 엄마는 아니 계시고
마루기둥 밑에 물푸레나무 지팡이를 거리 비껴 세워 두고
뒤란 삼밭 쪽으로
청처짐하게 다리 질질 끌며
내다 팔 남새 다듬은 흔적만 너절했다

조출 철야에다 연대보증까지 선 농공단지의 복층 유리공장
쫄딱 망해 먹고
빚 피해 다니다가
간만에 손깍지 베개를 하고 대청마루 누워
늑골 같은 천장 서까래 세다 스르르 눈까풀 내리고야
큰대자로 눕기는 하였으나
이내 등을 모로 틀며 꼬부라졌다

난데없이 이웃집 장독 박살내고
귓불 세차게 붙들린 채 성큼성큼 대문 안으로 이끌려 오는 아
잇적만 같아서
내 새끼 몸에서 손 떼라고 내 새끼 기죽는 꼴 못 본다고
솔찬한 장독 값을
당장 물어 주던 엄마만 같아서
그 엄마 오려면, 꿈속으로나마 오시려면 아직 당당 멀고
멀었어도

잠 깨우며 울리는
집 팔라고 꼬드기는 이까짓 복덕방 연락처 따위는
아예 지워 없애 버렸다

와병

1

요양간호사가 눈꺼풀을 까뒤집어 보고
재차 홀쭉한 젖꼭지를 꼬집자
움찔거린다
감히 허락하지 않으려는 듯이
신성불가침구역 넘보이는 걸 수모라 여긴 듯이
물리친다
아직 못다 한 수유의 영토를 지키려는 것인지
안간힘을 다 쓰신다

2

쌀 씻어
밥 안치러 가야 한다며
상 차려 밥 먹여야 한다며
빨리 집에만 가자고
하도 보채 싸서
업으려 등을 내밀자 움츠러든다
꾸붓하니 온몸을 잔뜩 오그려 만다

구순 노모가 한없이 가벼워져서
와락 눈물 날 뻔했다

합창

밀차 손잡고 걸어오는 귀갓길 발걸음에

왁자지껄 떠들던 깨구락지 울음이 뚝 그치는가 싶더니
또다시 시끄럽다

한 놈이 개굴, 울자
곧바로 또 다른 놈이 개굴, 잇따라 울고
화답하듯 개굴개굴 박자 맞춰 일제히 울어 댄다

씻지도 않은 채 근골을 방바닥에 누인 엄마도
가랑가랑 코 골아 금방 끼어든다

푸닥거리

육탈한 뼈를 이장하는 걸 목도하고 온 때

아파트 화단 개복숭아나무 밑에 파묻었던 돌연사의 수컷 고슴도치
쥐똥나무 아래로 옮겨 묻은 때

다독다독 다듬은 봉분에다 네모진 자갈 상석과 길쭉한 문인석
꾸리고
　조화 드리운 듯
　눈에피꽃 몇 송이 드리운 것을 볼 때

　월색 비치는 쥐똥나무 열매가 고슴도치 눈알처럼 검푸르게 서
릴 때

　귀기 쫓는다는 홍도화 동쪽 가지를 꺾어 와
　막둥이 아들의 등짝 서너 번 후려칠 생각을 공연히 해 봤다

간격

밥그릇이 밥그릇에 끼어 빠지질 않는다
당겨 보고 돌려 보고 때려 보고 별짓 다 해 봐도 꼼짝 않는다
그릇이
그릇을 안에 가둔
갇혀 있는 그릇 안의 그릇을 빼내려는 데에는
펄펄 끓는 물이
제격인 것을 안다 학교 앞이나 공장 근처의 자취생활 이골 난
나로서는
포개진 그릇 안에
나의 가장 뜨거운 것을 들이붓듯
차가운 너의 심장으로 들이부은 뜨거움이 스며들 듯
일테면 뜨거움과 차가움이 만나서
서로에게 스며드는 동안
간극이 생긴다 그릇이 그릇에서 떠밀리듯 빠져나온다

너무 꽉 끼어 빼도 박도 못하는
그런 격의 없는 사이일수록 한번쯤 틈을 두고 볼 일이다
적당한 거리 두었는지 살펴볼 일이다 내가 너와 같이

네가 나와 같이 저버리지 않고
이드거니 바라보는 일이 그러하다

운조루

벌써 몇 번씩이나
오미리 고택을 다녀온 까닭인즉슨

금가락지 모양의 명당이라서보다는
쌀 세 가마쯤 담긴 원통형 나무 뒤주 마개를 열고
그냥 퍼 갈 수 있어서다

삼시 세끼마다
마루 밑 축대 사이로 빠져나가는 가랫굴 연기마저
보이지 않게 바닥으로
밑바닥으로
낮게 저미며 깔리던 터여서

진진초록 마삭줄 돌담 틈새를 비집던 해거름 참이면
땔거리, 끓일 거리 없는
저절로 꼬르륵거리는 뱃속을 채우듯 우물물이나 벌컥벌컥 들
이켜는
뒷고샅에서

언제 날아왔는지
오목눈이와 굴뚝새와 붉은뺨멧새가 쌀 푸러 온 듯이
새하얗게 퍼지는 냉갈을 포록
포록 헤적이며 남긴 꼬리날개의 기척이
들려오기도 하여서다

독숙 獨宿

애 때리는 소리
퍼런 인광 섬뜩한 도둑괭이
싸움질 소리 보일러 돌아가고
좌변기 물 내리는 소리
벽시계 초침 소리 달빛 따라
머리맡에 새어 든 귀뚜라미 소리
유리창 두들기는 스산한 바람
소리 옆방 젊은 부부의 달뜬
감청 소리 눈치껏 얼버무려 주던
한밤중 소낙비 소리 시끄러워라
그렇지 않아도 이 생각
저 생각 오만 생각 다 들어 눈꺼풀 안쪽
붉은 반점 떠다니는데
뽀스락거리는 갖가지 소리
그 소리 가랑가랑 코 골아 감당해 낸 줄 미처
모르고 코 곤다는 핀잔에 훌쩍 토라져
친정 가 버린 소리 무릎 꿇는 듯기 얼래고
달래서 빨리 모셔와야겠다!

고함

가까우면
낮추고 멀어지면 목청껏 외친다

주로 도란도란 속삭일 때가 많고 많으나
갑자기 화내며 악쓰듯
언성을 내지른 건
그만큼 네가 멀리 있어서다 거리가 막막해서다

내가 호호탕탕 큰소리치는 것을
너만 통 몰라준다

전기밥솥

쌀 씻어 안치자
결 고운 여자 목소리가 들려온다
맛있는 취사를 시작한다고
뜸 들이며
증기를 배출한다고
쾌속으로 백미 고화력 밥을 다 지었다고
그래서 밥을 잘 저어 주라는
말마따나 고실고실 암팡진 분부를 받잡으며
정중하게 고갤 수그린다

미운 정

각방 쓴 지 오래되었다

갈라서자며 가슴에 도장을 품고 다니기도 했으나
늦은 밤

기침 소리가 나면
이마 머릴 한번 짚어 보려고 문 앞을
자박자박 서성거린다

매

어디 너도,
니 같은 애새끼 낳아서
꼭 한번 키워 봐라!

오죽하면
패 죽일 듯 지게 작대기 치켜들고 쫓아온 아버지
가로막으며
고갤 뒤로 돌린 채 지르퉁해 가지고 후려치던 엄마의
말 한마디

늑골 사이를 비집고 와 작대기보다
더 명치끝을 후벼 팠다

자식 셋 키우며 뒤늦게야
된통 얻어맞았다

마수

양어깨 묵직한 비닐보자기 가방을 들쳐 메고
배 앞쪽에는
갓난아길 매단 채
우산 든 팔목
가늘게 새파란 쇠심줄이 싱싱 돋은
이른 난장의 초입에서 딸애와 동갑내기 여자애를 노랑 버스에
재게 실어 보내며
비 젖은 머리카락 떨며
갓 떼어 온 도매 채소를 부리는 좌판에 절로 다가가
소채 한 봉다리쯤 받아 오지 않고 배기는
재간이 내겐 없다

제비집

곡성 죽곡면 대황강을 건너지르는 다리턱에 지어진다
신혼부부한테만 분양한다는 보금자리
세어 보니 열두 채쯤 된다
이미 입주한 세대도 있고 기초공사 중인 가구도 있다 살피건대
아주 높다래서
알 훔치려는 능구렁이 날름날름 쳐들어오기가 어렵겠고, 또
갓난새끼 노리는 들고양이
시퍼런 야광 눈빛 켜고 무찔러 오기도 힘들겠고, 또 근방에는
수박향 풍기는 은어 떼와
우렁이 김매는 무논과 메뚜기 방아 찧는 밭벼 등속이 널려서
그저 바람이나 쐬러 따라나선 여자도 풍수 보듯
금방 한눈에 알아보고는 명당이라 일컫는다

들고양이

밥찌꺼기 모아 두면 어김없이 먹으러 온다
군내버스 뜸한 면소의 농공단지 붙박여
묵묵히 지내왔던 세월이
자재창고 구석에 너부러진 쥐똥마냥 불쾌하고
그저 따분하듯 고루해지면
퍼런 인광 번뜩이며 찾아온다
갸르릉갸르릉 오금 저린 아기 울음소릴 내며
적잖이 큰 쥐까지 잡아 물고 와서는
놓아 주었다, 다시 잡아 물어대기를 수차례
재롱떨 듯 가지고 놀던 중에도
건축용 불투명 무늬 유리 재단하다 크게 다친
덧 꿰맨 흉터의 팔목을 살뜰히 핥기도 할라치면
잠자코 웅크리고 있던 짐승 같은 육감이
꿈틀거리며 눈자위를 치켜뜬다
밤도와 둥글게 감아 돌고 도는 줄자 맞대고
유리 재단 칼을 그어 대는 긴 공장의 작업도
그 눈빛으로 날렵하니 힘이 더 붙는다

강아지 가지러 갔더니

툇마루 아래
둥글납작 패인 흙구덩이 드러누우며 젖퉁이를 내준다

젖니 돋는 잇몸 근지러운 듯
흰 고무신 자근자근 물어뜯던 입주댕이를 젖가슴에 물린다

오요요요 부르기만 하면
낯가림 없이
서숙 모가지 같은 꼬릴 살랑살랑 오줌 저리며
벌러덩 나자빠져 뱃구레 내비친 지 새낄 마냥 쳐다보며 이마 콧
등을 긁더니
바른 앞발로
눈곱도 없는 눈두덩을 자꾸만 치대는가 싶더니
별안간 송곳니를 드러낸다 으르릉 목덜미 털을 일떠세우며 냅
다 물어뜯는다

젖 떼려는 듯
그악스럽게 정 떨치듯

붙잡지 못해
하릴없이 어거지를 독살스레 부리듯 내쫓는다

어린 갑이별 한 마리를
데리러 갔더니

맨드라미

집개가
첫 암내를 질질 흘리며 묻히고 다니자

뒤란 부엌 마루 밑으로
가늘고 긴
납작하고 여러 마디
마디마다 한 쌍씩 다리 달린 절지들이 징글징글 모여들었다

핏기를 맡고 온다는

그걸 쪼아 먹은 장닭 목이 단칼에 잘려 나가고

피 튀겨
질끈 감던 눈두덩
우물물에 씻던 가시 어머니의 방심을 틈타 줄달음치는
머리 없는 목구멍

생피 쏟아 대며 활개 친 마당 둘레에는

볏 모양의 붉기가 서려 오돌토돌 닭살이 돋았다

난데없이 들이닥친 집행관 차압 딱지 붙이듯 왜소해진 생활에
잔뜩 주근깨 낀 관자놀이 핏대를 올려세우며 토라진 여자
데리러 가서는
봉숭아 짓이기듯 다진,
막 소금 찍어 입에 넣어 준 생 닭발 오독오독 씹으며

흠칫 목덜미 발목이 시큰거려 혼났다

어미 개

발, 하면 발 주고 앉아, 하면 앉고
엎드려, 하면 가만 엎드리고
엄지와 검지를 세워서 총 쏘는 시늉하며 빵, 소리치면
곧바로 옆으로 자빠지던 흰둥이
새끼를 낳더니
연분홍 벌거숭이 그 새끼들
한번 만져 보려고 손을 갖다 대면 목털 잔뜩 세우고 으르렁!
으르렁! 송곳니를 잔뜩 드러낸 채 째려본다

암내

까뭇까뭇이 번들거리는 콧등
끙끙 끌며 방정맞게 스란치마 속을 파고들자
귓불이
살짝 도타워지는 것을
얼버무릴 듯
젖가슴과 불두덩 사이를 살살 어쓸어 준다

주홍빛 뱃살이 통통 오른 개벼룩
양 엄지손톱 맞대 눌러 톡톡 잉깔린다

어지간히도 볕이 여물어 오른 마당귀에서 맨 처음 향 풍기던
홍매 아래
치맛자락 걷어붙이고 앉은, 오동통한 궁둥이께로
꽃물 자국이 살짝 비친다

끼니

살며시 다가오더니
두 앞발 세우고 물끄러미 쳐다보며 운다

계곡
평상 턱에 걸터앉아
세족하는 동안
주문한 닭백숙
먹기 좋게 산장 주인 손에 들려 뜯어지고 찢어지고
냉큼 다리 한쪽
잽싸게 집어 드는데

어떻게 밥때를 알고 오는지
꼭 이맘때면 찾아와 울어댄다는 말에 쳐다보고 재차 쳐다보는데

가슴이여 축 처져 늘어진 젖가슴이여
주렁주렁 매달린 어미 된 자의 눈맞춤이여
자 받으시라
다 발라 먹은 뼈다귀 말고

내가 제일 먼저 차지한 닭다리 한쪽 통째 받으시라

젠장, 우리 처먹을 것도 없는디
들냥이 퍼 주냐며 따지는 핀잔깨나
얻어먹긴 하였으나

그곳

새봄에 피었다고는 하지만
작년이나 재작년, 재재작년과 똑같다

매년 딱 한번
어딜 나풀나풀 다녀왔는지 단체로 다녀오며
회포라도 푸는 것인지
흐드러지기가 이루 말할 수 없다

온다던 약속은 안 했으나
예약한 듯 때맞춰 돌아오시는 노거의 살구나무

연분홍 꽃이파리를 빌려 살다 간 그들을 따라 어딜 다녀와야
하는지,
잘은 모르겠으나
나도 올백 머리 홀아빌 모시고 다녀오고 싶다
꼭 한번 갔다 오고 싶다

몇백 년을 훌쩍 뛰어넘은 감나무 밑둥치께

막 허물 벗은 풀빛 파충의
주황 띠 두른 목덜미에 빛나는 봄빛과 같은 감잎 애순
손사래 배웅 실컷 받으며
핑하니 댕겨오고 싶다

꿈속 같고 전생의 어느 한때와 같은 일을
크게 한판 벌여 보고 싶다

목어

의견이 엇갈린다
배 까뒤집은 연못 물고기를 두고
건져 내자는 쪽과
그냥 놔두자는 편이 팽팽하다
눈알 돌출된 채 익사한 원인에 대해선 아랑곳하지 않는다
푸른 월색만
새하얗게 뒤집은 뱃구레를 어루만질 뿐
검식이나 하듯
거듭 짚이는 심리적 물증
여쭙는 양 절간을 총총히 배알해도 귀답 한번 없으나 나는 다만
빌린 나무의 몸으로나마
아랫배 후려 파인 고통이라도 참는 듯 여의주 앙다물고 얻어맞는,
수없이 두들겨 맞으며
빈 저녁 하늘 가득 채우는 울림이 일었으니 나는 그걸
익사한 물고기의 공중장
상엿소리로 알아먹는다

간질

느닷없이 흰자위 까뒤집고 쭉 뻗어
게거품 무는 것을
꼭 껴안아 닦아 주었다
처음 몇 번은
발작하는 내내 형보다 내가 더 몸을 떨며 소스라치듯
덩달아 겪고 났으나, 차츰차츰
무덤덤해졌다
천형 같은 지랄이 형의 몸을 얼른 지나가기를
잠자코 바라만 보았다
활개 편 채 축 늘어진 경련이 잦아들면
찬찬히 다가가 가만 흔들어 봤다

역정

이 빠지고 머리칼 성글고 눈 흐려지고 좆도 안 서고
어디에다 하소연할 데 없고

애꿎은 강아지만 발로 걷어찼다

제 여자한테 일 부려 먹고 연명한 것이 자지레하고 시뻐서 호통
치는 아버지
대범치 못한 처세가 가당찮더니

밥 빌어 대느라
밤늦은 재활병원 와서 수발드는 여자한테
퉁명스럽게
쪽팔린 자존을 벼락같이 내지르고서야 비로소 아버질 이해할
수 있었다

버럭버럭 내지른 고함이 마지막 남은 아버지의
양심이었다는 것을
지금에서야 알아차렸다

물비늘 피는 함허정에 들러 접은 생각이 있었다

믿겠으나, 의심이 간다는 말에
나도 울근불근 되받아칠 궁리를 하던 중이었다

희디흰 조선 창호지를 잘 바른 두 칸 반짜리 온돌방 들어
등짝 뜨겁게
뜨거워 이리저리 몸 뒤집듯 생각을 노릇노릇 익히면서 또는

송홧가루 더께 낀 쪽마루 발자국 찍으며
백 리 광야 툭 트인 무등도 조망해 보면서 혹은

근 오백 묵은 밑둥치
진진초록 이끼 마삭줄 뿌릴 박고 오른 회화나무 가지 사이로
체 치듯이 걸러 내는 볕살
눈 시리게 쳐다보면서 그렇지 않으면

샛강 물낯에 드러난 거북이 형상의 암석 조대
대나무 우듬지께
줄 묶은 수수깡 찌 낚싯바늘에 주댕이 낀 쏘가리를 버들가지

에 꿰어 간

　청송 심씨 종손의 맑은 탕국 얻어먹으며

　절절 끓는 식탐 같은 분통을 애써 누그러뜨려 보지만
　속 체한 듯 다친 맘이 좀체 다스려지지 않았다

　동무라 믿었던 입살에서
　슬그머니 삐져나온 의심이 나를 상당히 괴롭혔다
　곡성 입면 서봉탑동 마을학교 동시 읽어 주러 가는 도중에도 잠깐
　단층 홑처마 팔작지붕을 받치는 별서의 민흘림기둥에 기대어서
　속이 훤히 내다보이는
　제 운신을 위해 합리적 의혹을 품고 교묘해진 몇몇한테 들이받
듯 대꾸한들
　구차해지기는 매한가지여서
　추솔하게 분함을 다 터뜨린다고 해서 노기가 풀리지 않는 나날에
　이상하리만치 차분해져서

　내가 무찌르려고 벼르는 협잡의 검특함에

외려 연민이 스민다는 건
나 혼자 아파 힘들면 되는 일이어서 마음에서 넘어진 내가
마음을 딛고 일어서는 일이어서

다시 견디는 힘을 배워 보기로 했다 들길 강둑 따라 마을학교
로 들어서며
견디는 것이 이번뿐이 아닌 줄 뻔히 알면서 모르는 척
은근슬쩍 접고 넘어가듯 그냥 삭혀 보기로 하였다

또다시 일렁이는 강물에 물비늘이 피어 눈부시다
도반이라 여겼던 당신들에게 아직 동지애가 남아 있으리란 헛
된 꿈
깨게 해 주어서
그 덕분에 내가 참 많이 가벼워졌다

스무고개

가까이 갔다 싶으면 달음박질치고,
멀리서 뒤돌아보면
그냥 잡힐 것같이 다가오고, 가만 놔두면 금방 좀 슬고,
시척지근해져, 내다버릴 수밖에 없는,
간혹 헛물만 켜져
조석으로 뜨거운 맛을 봐야 정신 차리는,
두드리면 두드린 대로 강해지고,
촘촘하게 깎으면
깎인 대로 빛나고, 쪼면 쫄수록 엄정하고,
닦으면 닦은 대로
광채 발하는,
머리칼 잔뜩 세고, 뼛속에 바람 드는 나이에야 어렴풋이 짐작
되다가,
언젠가 아픈 내 몸이 어쩌다 안 아픈 한순간,
딴 세상이 보이던, 그런
그런 날, 흐리마리하게나마 보이다가, 이내 긴가민가한 물음이
생기고, 또 생기는, 그저 알다가도 모르겠고,
모르다가 무릎을 딱! 치며 아하, 하고 그랬다가

또다시 모르겠는,

살면 살수록 모르는 것투성이의, 이건 도대체 뭘까, 묻기에,

엉겁결 대답해 버린,

그것이 정답인지는 아직까진 잘 모르겠으나,

지랄같이 이런 걸 이어받고, 또 이어 주는지, 인생이,

가물가물해지며, 참 아득해지는

파묘

물구덩이가 생기고 있다

엊그제 등걸음치던 오솔길 멧비둘기 집의
다복솔이 얼비치고 있다

새털구름 보풀 이는 창공이 걸터앉고 있다

방아 찧듯
혼례비행 끝난 밀잠자리
꽁무니로
물낯을 탁탁 치며 알을 슬고 있다

목마른 꿩 내외
제 새끼를 데리고 와선 한 종지씩 얻어 먹이고 있다

시린 공중의 초저녁 개밥바라기 고즈넉이 깃들고 있다

흰 뼈가 삭은 터에 터에 증조할머니뻘의

노친네
잔뜩 허릴 굽힌 채 자드락밭을 일구고
소채 모종을 옮겨 심고 있다

3부

길속이 트였다

식생 복원 중입니다

식생 복원 중입니다 들어가지 마시오
팻말 붙은 산길에 발걸음 끊었더니
나부시 송홧가루 날리고 반딧불이 날아든다
다람쥐 주전부리하듯 도토리 쥐밤 갉아 먹고
붉은뺨멧새 둥지가 생기더니
주황 목도리를 두른 연둣빛 파충이 가로질러 다닌다
짝 부른 살쾡이 소리도 앙칼지게 들려온다
식생 복원 중이니 들어가지 마시라는 말마따나 나도
꽤 많은 괴질 확진자 창궐하는 동선을 벗어나
자가격리하듯 해서
인생 복원 중이니 다가오지 마시오
접근금지 푯말 붙여 선언하듯 거리를 두었더니
아무런 꾸밈없는 앳된 마음이
제일 먼저 살러 들어온다

내 몸에서 흙내가 나기 시작했다

집 앞 산턱 생강나무꽃과 벚꽃이 속삭인 걸
귀여겨들었다 공연히
두꺼비 어엉 어엉 우는 파초 잎 아래 비 들이치는 걸 듣고
먹감나무 꼭대기에 홀로 앉아 홍시
까악 깍 찍어 대는 검정 부리의 새소릴 듣고
동구 밖 냇가 나목 가지에 긁히며
하늘 한가운데로 치솟아 오른 월색이
이마 머리에다 문신처럼 푸르게 새기는 것을 가만 내버려 두기
도 하고
은비늘 반짝이며 하늘로 튀어 올라가듯
밤바람 거스르는 엽어의 꼬리지느러미 소리를 알아듣기도 하
였다
이제는 분내 풍기는 여자도 사람으로만 보는, 귓바퀴 순해진
사내의 내가
인간의 말을 점점 잃어 가며
얼뚱아기인 양 사계절 말들을 따라 배우듯 옹알거렸다
돌아갈 채비를 꾸리며
스스로 가야 할 곳과 가야 할 때를 알아 가는 중이어서

그리 적적하지만도 않았다
점층 흙빛에 가까워진 몸뚱아리에서도 흙냄새가
조금씩 풍기기 시작했다

한참이나 물끄러미 쳐다본다

산불에 타면서
꿈적 않고 웅크린 까투리의 잿더미
요렁조렁 들추다 보니
꺼병이 서너 마리
거밋한 날갯죽지를 박차고 후다닥 내달린다
반 뼘도 안 되는
날개 겨드랑이 밑의 가슴과 등을 두르는 데서
살아남은 걸 보며
적어도 품이라면
이 정도쯤은 되어야지, 입안말하며
꽁지 빠지게 줄행랑치는 뒷덜미를
한참이나 물끄러미 쳐다본다

뒤란

자디잘아서 먹잘 것 없어도
열매가 맺힌다

손 안 타고 자란 포리똥 물앵두 돌뽕나무의 곁가지들
땅바닥에 이끌리도록 휘늘어지고
화라지를 쳐 주지 않아서
삭정이로 묵은 채 모여 산다

어둑시근하니 묵은 누룩 냄새가 피는 그늘에서
참새 혓바닥과 같은 여릿한 잎사귀이랄지 희맑은 꽃이파리도
함께 어울려 지낸다

응달진 데에서
웅크리고 혼자 울던 홀앗이 어미의 서늘한 눈물방울 어리듯
이슬 맺혀 처진
은방울 꽃대가 가슴을 짓눌러 오긴 하였으나
구텡이로
뒷구텡이로 밀려 눌린 것들은 언제 봐도
남 같지가 않다

처녀 보살

　종종 사주 손금 봐 주는 복채 대신
　집까지 바래다주고는 한다

　댓가지 여남은 간짓대 꼭대기쯤 오방색 애드벌룬 내달아 맨 깃
발 아래
　붉은 쾌자 자락의 방울 소리

　흰자위 뒤집고
　서슬 서린 신칼을 휘두르며 사귀 쫓는 군웅 복색의 굿판
　벌리고
　남은 옥춘당과 산자와 시루떡과
　둥그렇게 이마 머리를 썬 수박 몇 조각 얻어먹고 나면
　신들릴까 봐, 겁이 난다

　은근슬쩍 입술 한번 맞추어 보려는, 꽃 팬티 벗겨 보려는 꿍꿍
이속을 다 접고
　끝맺은,
　숫기를 타면 신통력이 없어진다는 그런

그런 여자가
여전히 내 등 뒤에 눌어붙어 살며 가끔 만취한 나를 자빠뜨려
수십 바늘씩 꿰맨 적이 여러 번이나 있다

사주 蛇酒

입주댕이 잔뜩 벌리고 두꺼비 욱여넣은 흑칠백장
걸싸게 잡아 오가리에 집어넣었다

닷 되들이 소주 두세 병 들이붓고
비닐 뚜껑 눌러 덮어 검정 고무줄 친친 감아 묻었던 아버지가

한 오십 년쯤 묵히고 유산 받듯 내가 또 십 년쯤
더 묵힌 걸 먹으면

새 이빨 돋고
빳빳하게 아랫도리가 선다 하여 파내고 샅샅이 뒤지듯 또 파
내 봐도
사과향 묻은 흙내만 풍기는 걸 번연히 알면서

종종 생가 뒤란에 가면 곡괭이와 삽자루 챙겨 드는
오랜 버릇을 저버리지 못했다

우뚝 솟은 끄트머리가 둥글 뭉툭 꼴린 듯해서

화순 도곡 원화리 산턱에
문필봉이라고도 하고 고동바우라고도 하고 쌍교바위
인장바위라고도 하는 바윗돌이 서 있는데요

그 누가 뭐라 뭐라 해도 나는 그저
우뚝 솟은 끄트머리가 둥글 뭉툭 꼴린 듯이 잔뜩 화난 모양이라서
쌍스럽게 좆바위라 부르는데요

그도 그럴 것이 산밤나무 꽃피고 나면 그 향기
계곡 따라 저수지에까지 쭉 퍼져 흘러왔는지, 붕어 피라미
물천어 등속이
죄다 떼 지어 몰려와 알을 까대서라니까요

목탁집

대칭 저울 빌리러 오는 집보다
목탁집이라고 부르는 게 더 마땅했다

대밭 고샅길
제 그늘의 넓이를 한 오백 년쯤 불린 다섯 아름드리 팽나무
숯검정 부삭처럼 퀭하니 뚫린 밑둥치에서
종종 밤바람 윙윙 후려치는 것을
수백 언저리까지 세다 잠들고는 하였으니까

얼마나 청아했던지 속이
비어서 내는 소리가
외진 꿈속에까지 따라 들어온 지금도 나는
향교 유생 고조할아버지, 그 할아비가 심은 팽나무 목탁집의
직계비속이라

의여번듯한 할아버지 유지를
받들어
국민윤리 가르치는 선생의 맏아들이라

예의 바른 이름자를 저울추 삼아
내가 하는 말과 행동거지를 저울 갈고리에 걸치고 돼지 근수 뜨듯
이리저리 무게추를 움직이며 옮기며
눈금 맞추듯 재기보다는

새물내 풍기는 금의를 입고 환향하는
마을 앞 경축 현수막에 양양해진 일가붙이 땜시, 한없이 가벼
워지는
내 이름 땜시

뒤척이는 욕기의 뿔따구를 다독다독 잠재우듯
삽상하게 불어닥친 팽나무 목탁 소리를 천 번이고
만 번이고 헤아려 보기도 하였으니까

딱, 한마디로 이랬다

목매달아
몽둥이로 패대기쳐서
축 뻗은 터럭
거멓게 그슬려
자작하게 끓는 솥

집된장 풀고
마늘 토란대 들깻잎 숭숭 썰어 곁들여
삶은
국물에
네모반듯한 막두부
통째 집어넣고
미꾸라지
한 양푼 냅다 들이부으면
순식간 파고든
몸부림

살려고 버물어져 엉킨 숙회 한 상

걸게 차리며
딱, 한마디로 이랬다

밥 먹자!

주말농장

1
북감자 순 떼어 내고
웃자란 얼갈이배추 솎는다
가지 방울토마토 탱글탱글 여물어 가고
지지대 세워 준 오이고추
툭 까진
내 것보다 더 실하다며 만지작거리는 웃음기가
대롱대롱 매달려 홍조를 피운다
모처럼 들놀이 온 듯
지난번 집게 손마디 깊이만큼이나 심은 열무 씨앗
쌍떡잎으로 땅거죽 들썩이며 움쑥 솟는다
거둔 완두콩 섞어 밥 짓고
아욱국 끓이고
막 뜯은 진진초록 담배상추에다 깻잎 쑥갓
덧대 쌈 싸 먹으면
아삭아삭 씹히는 소리가 난다

2

오이순 호박순 연초록 더듬이마다

진딧물이

다닥다닥 움질거리며 괴롭히는 것을 보고도 일부러 관둔다

약 한번 치려다

줄지은 숙주의 일개미 떼가 바지런히 넌출 끄트머리로

기어가는 중이어서 그냥 내버려 둔다

파일

무릎관절 절뚝거리며
요강 비우던 잿간에 버려진 듯
모로 누운 무광 고구마
쿠리쿠리한 돼지막 두엄과 엇섞여
사릿빛 새순을 틔웠다

그예 문틈새이로
신광 뻗히듯 은성한 아침 햇살
광배를 휘두르자
가끔 홍어 파묻어 삭힌 거름 냄새같이
비위 덧난 코를 꽉 틀어쥐다 말고 대뜸 이랬다

오메 부처님께서 여기까장 오셨는갑다!

해마다 짚봉산자락의 독암사
종이 초롱에 불을 켜 매다는 걸
단 한번도 빼먹는 적 없던 어메가
북받쳐 벅차듯이 그랬다

물새 한 쌍

풍암 호숫가에서다
낯은 익으나 이름은 알지 못하는,
쫑긋이 머리 깃 세운 물새 한 쌍
경쾌하게
고갤 까닥거리며 목을 맞대기도 하고, 부릴 맞대기도 하면서
서로가
서로를 유혹하며 매혹에 빠져들더니
연분홍 연꽃 벙그러진 수초 사이로 들어가더니
재게 엎드린 암컷 등 뒤로 수컷이 물방울 통통 튀기며 올라탄다
희열 차서 몰입하는 이 몸짓!
진초록 갈대 이파리 서걱거리며 가려 주는 행각을 말끄러미
쳐다보며
자꾸만 숙연해지고 처연해지는, 또 한편으론
함께 산책 나온 내 여자 쳐다보기가 왜 그렇게
겸연쩍어지는지 몸 둘 바 모르겠다

용연향

소화되지 않는,
검고 물러서 매끈한 수컷 향유고래의 배설물이
일테면 똥이
굳고 딱딱해졌다
비바람과 햇볕과 소금기에 절여 점점 말랑말랑해졌다
한없이 크고 넓은 바다를 오래오래 떠돌더니 향긋한 흙냄새
풍기는
고귀한 향료가 되었다

진즉 하늘의 뜻을 익히 알고
귀가 순해진 나는 양양한 세파 속을 여전히 떠돌고 있긴 있으나
아직 당당 멀었다
아무래도 이번 생에 가 닿기엔
영 글러 먹었다

돌마늘

재계하듯
머릴 감고 손가락을 굽혀 말아 빗질하는 중에
듬성듬성 내비치는,

시뿌옇게 결삭은 머리칼이 검은 머리 된다 하여
아홉 번 찌고
아홉 번 말린 이파리를 공들여 다려 주던
엄마 생각에
눈시울이 붉어진다

잠시간 거울에 비친 내 등 뒤로
절구 찧던 메주콩 범벅을 놋쇠주걱으로 뒤집는 그 통에도
냅다 쳐다보던 돌뽕나무 아래
돌보지 않고 내버려 둔 응강치에서 피는 꽃이라고, 산형의
꽃차례 달리듯
눈길을 몇 번 더 주었을 터인데

난 그저
내 탯줄을 묻었던 자리에 불그스름하니 피는 꽃이라서
더 자별했을 것이라고 곡해를 했었다

길속이 트였다

집 둘레 대밭에서
웃자란 감나무
열매가 익고서야 다시 보인다 드난살며
어둠침침한 밑바닥부터 비틀던 그의
옛일이 문득 생각난다

이리 슬쩍 굽고 저리 슬쩍 굽어 가듯
빽빽하고 쑤실쑤실한 대숲을 헤쳐 가는 것쯤이야
대수롭지 않게 각오한 일이지만
벌 나비 한 마리 들지 않는 암암한 그늘에서 요절하듯
꽃이 져 버린 수치를 용케 감내하던
그가 빨갛게 떠오른다

큰 눈 못 이겨
오밤중 혼자 목을 꺾던 대나무의 굴욕을 보아서가 아니라
쥐방울만 한 뱁새 한 마리만 눌러앉아도 짜그락거리며
우듬지 휘청하는
능욕을 지켜보며 하늘로

하늘로 치솟은 길속을
궁구하다 보니

울뚝 성미가 한결 고분고분해지고
가끔씩 행짜 부리는 척수도
함부로 내보일 수가 없다

솔밑재

벼락을 빌려 제 가지를 내리치던
내려쳤으나
부러지기는커녕 벼락마저 삼켜 버린 노거수가 있지
차마 못 볼 꼴 보며 산 죄가 너무 많다는 듯
사지 뒤틀린 소나무 한 그루
누운 듯 서 있지
광주 풍암동 금당산 가면
제 나뭇가지에 밧줄 올가미를 걸어 목맸다가
내려앉을 땅이 없어
한 줌 재로 뿌려진 장사의 흔적을 파묻기라도 하듯 퍼붓는 잣눈
고스란히 버팅겨 인 채
이윽고 생가지 찢으며 내지르던 비명도 간혹 들려오지
초고속 문자메시지로
정리해고 통보받은 중년의 가장 같은 건 힘써 볼 엄두도 못 내
는 그런
그런 세상이
수통스레 치밀어 올 때면 반드시 다녀오는,
혼자서 울며

그저 종주먹이나 어서석대며 머리통 서너 번 쿵쿵 짓찧더라도
혼자 통곡하기 좋은
오솔한 길에 붉은 소나무 한 그루 있지
우중충한 숲속인데 그곳에만 빛 들어
끄떡하면 스스로 부끄러운 내 열패의 대소사를 관장하듯
달래고 얼러 주는 청솔 한 그루 서 있지

그 산

사방팔방 십팔방
어디서든 고갤 쳐들면 신기루와 같이
우뚝 솟은 흰빛
눈 안 가득 차오른다 삼투하듯
육추의 장끼나 수원지의 수달이
무등산장 가는 도로를 가로지르는 동안 시내버스 잠깐 멈추고,
멈춘 차량 뒤꽁무니에다 대고 쌍스러운 경적 같은 건
울리지 않는
그저 머릇빛 눈망울을 치켜뜬 수달과 같이,
길게 기다려 주는 운전자에게 결례를 면례하듯 잠깐 쳐다보는
산자락 아래
본적을 둔 나는 이사 가듯 이감 가듯 출장 가듯 언제 어딜 가든
가슴에다
그들먹하게 짐 싸듯 산 하나를 품고 가는 습속이 배였다
출타에서 돌아와서도 그 산 보고서야 비로소
집 안에 든 듯 맘이 턱 놓인다

금강내산도

겸재 그림 중 딱 한 점만 고르라 한다면
화첩 만폭동도도 좋고 인왕제색도도 좋으나 나는 가차 없이
금강내산도를 택하겠다
별반 크지도 않는 쥘부채 중심에 메다꽂아 내리찍듯
일만이천 봉우리를 죄다 담았으니 말이다
그도 그럴 것이
매일같이 앞산에 올라
이내 낀 먼 산 큰 산 아래 작은 산이 겹겹이 지며 물결치는 것과
사방팔방의 마을 불빛들과 북두칠성 또는 미리내 하얀 띠를
굽어보며
내 가슴에
반 뼘 한 근도 안 되는 내 품 내 심장에
못 담을 것도 없겠다 싶어서 하는 말이다
반듯하게 눈만 똑바로 치켜뜬다면

산이 푸르다는 것은

때까치 직박구리 똥 떨어진 자리
산벚꽃이 환하다는 것은 선전포고나 진배없다

솔숲에 숨겼던 걸 까먹은 다람쥐의 상수리
싹을 틔우는 것은,
울창하니
키 높이고 가지 이파릴 쭉쭉 뻗어 차양 둘레를 친다는 것은
빗방울과 햇빛을 독차지하겠다는 전언이다

전쟁이나 하듯
늘푸른바늘잎큰키나무 잣나무 노간주나무 가문비도
뾰족뾰족 온몸을 비틀며
빛살 쪽으로 디밀고 치솟아 보았으나, 스스로 몸을 구부려 낮추고
그늘 견디는 연습을 해 보았으나

부황들 듯 누렇게 말라 죽고
혹은 패잔병같이 쫓겨 가듯 한 발만 더 디디면 벼랑
아슬아슬 버티며 발돋움하며

청청 살아남는다는 건, 그리하여 산이 한껏 푸르다는 건
이파리 넓은 치들이
키 작은 누군가를 짓밟아 석죽이며
살아간다는 것과 다르지 않다

대평리 반곡마을

산수유 말고도 터앝을 들이었다
대문 없는 마당 안으로
산 이슬 촉촉한 아욱 쑥갓 시금치 부추 마늘 당근
흑임자 밭이 나란히 이웃하고 더덕 당귀 둥글레 박하 도라지
등속이
골고루 심어졌다 돌담 따라
석류 구기자 대추 구지뽕나무 엄나무가 죽 둘러쳤다
아침저녁으로 둘러보며 가꾼, 집 앞 고샅에 내다 파는 약초 효소
거저 맛본 죄로 나는
갑자기 내린 빗방울을 맞닥뜨린 마당에 널어놓은 산수유
후다닥 간수해 주었다

홍예다리

동긋하니 허리등뼈 굽혀 올리고
엎드려뻗친,

이음매 없이
서로와 서로를 조련이 잇대어 하중을 지긋이 받치는

저와 같이
세상 어디쯤 끼고 끼여서 기대고 잇댄 것
아닌 것이 어디 있으랴

가로 직선 양 끝을 밀어붙여 부풀어오르듯 연달아 잇대 오는
또 다른 장방각석 기대 버티며 휘어진 등뼈
수굿하니 굽혀 올린 채 이음달아 길을 내는 너와
너 같은 나와
뼈마디 맞대고 굽은 흔적
고스란히 남지 않는 것이 어디 또 있으랴

오늘따라 누가 또 건너는지
살짝 볼록해지는 허리등뼈에 힘이
잔뜩 들어간다

새비 연못

물기라고는 호우 때에나
얼마간 고여
차란차란 일렁이면 조화 부린 양 새비가 생긴다

연흔만 새겨진 채
물 한 방울 없는, 씨가 말랐다고
너나없이 입을 모을 때면
거꾸로 선 일곱 별자리
목말라 물 퍼마시듯 국자 모양을 본디 세워 내뻗는 연못

굳은 찰흙 속 빗살무늬토기에서 흘러나와 발아하는 연밥마냥
둥글게 웅크렸다가
물이 차오르면 어김없이 내비치는

옥시글옥시글 슬어서
믿을 수 없을 만큼 재게
재재바르게 커져
이내 알을 까 놓고 순식간 사라져 버린, 그런 흔적만 있다면

자취만 있다면
당신이 두고 간 그런 행적만 있다면

기연치 살아야겠다!

강물 위에 쓴 시

가끔가다가 강물 위에 쓴 시[*]

북카페 놀러 가는 날에는 반드시 들러 보는 징검다리 있는데요

실버들 천만사千萬絲 늘어놓고도 가는 봄을 잡지도 못한다는

김소월 작시의 노래를 흥얼거리며 슬슬 강을 건너갔다 오는데요

몇 시간째 꿈쩍 않고 지릅뜬 채

부릴 작살같이 도사린 새 한 마리

외발로 꼿꼿이 서 있더니만 재빨리 낚아채는 거예요

순식간 입부리에서 퍼덕거린 물고기를 본 내가 엉겁결

돌멩이 냅다 주워 던지는 바람에 퐁당!

새도 그만 놀라 물고기를 떨어뜨리고 말았지요

그러고는 한 사나흘쯤 흘러갔을까요

날빛 물빛 하도 맑아 노둣돌 딛고 여기저기 거슬러 가는 물고
길 지켜보는데요

놀랍게도 등줄기에

대사리만 한 붉은 반점의 물고기가 눈에 붙들리는 거예요

어엿하게 상류 쪽으로 머릴 향해 두고

열심히 헤엄치는 광경에 잔뜩 환희 어린 뿌듯함이 어찌나 출렁
거리는지

한참이나 등덜미가 찌르르 저려 오더라니까요

* 전남 남평읍 드들강변의 북카페

궁리 끝에

외발이가 머릴 갸우뚱거린다

가까우면서도 가지 못하는 물밑, 서쪽 빛 잔광에 빛나는 제 그림자
물끄러미 쳐다보더니 부릴 냅다 꽂는다

이편 바깥에서
거꾸로 선 저편 안쪽 아래로
저편 안팎 밑에서
빤듯한 이편 바깥 위로 들고나는 문이라고 여겼는지

있는 힘껏 입부리를 내리꽂는다 쇳대 꽂듯 바짝 오므려 감춘
한쪽 다리마저
꺼내 딛는다

물고기자물쇠통 따뜻 출렁이는

빛과 그림자가 어룽대는, 저 안암팎을 둥글게 내통하는 들머리에
한통속 문짝이
열리기라도 하는 것인지 물결무늬가 잠시간 일었다

육추

긴 목을 S자 모양으로
구부리고
감탕물 이는 곱써레질 뒤미처 따르더니
아랫배 노랗게 불거진 미꾸라지만 잡아먹는다
선홍빛 다릴 매끈하게 내뻗으며
우비마냥 흰 비단 깃을 덩실덩실 차려입은 털옷 한 오라기
젖지 않고
우아하게 빛나더니
그 터럭 소복이 뽑아 둥지에 내리깔고 새끼를 치더니
입부리를 냅다 처박는다
한 치 망설임도 없이
시린 논바닥 우렁이 구멍 혹은
봇도랑 둥둥 뜬 멧밭쥐 송장의 뱃구레 들끓듯 오글거리던
구더기 떼
마다하지 않고 낚아채는

낚아채는 것이 어디 백로뿐이랴
어찌 백로만의 일이랴

외가

연치 칠백에다 키가 팔십 척이나 되는 꼭대기
삭정이로 얼기설기 얽은 둥우리의
내외가
흰 무늬 날개 활짝 펴며 내려와서는 개밥을 냅다 쪼아 댄다
까작대며
장독 위 널어 말린,
누룩 빚을 찹쌀 고두밥마저 흐트러뜨리며 물어가도
아무런 내색도 하지 않는다

모처럼
노란 테두리 입부리 목젖을 잔뜩 드러내며 밥 보채는
은행나무에
요란한 새끼 까치 울음소리

홍매

저 홀로 녹아
노글노글 숙부드러운 삼밭 귀영치에 화르르 흩날린다

사괘 마구 뒤틀린 퇴행성무릎관절 수술받고
재활치 못한 아랫도리 벗겨 내려 똥오줌 받아내는 아들내미 어려워
요양병원 들던 절산댁

죽을 둥 살 둥 돌아오시려나 돌아가시려나
매화만 펑펑 터졌다 진다

뒤란 툇마루 아래 백자 요강단지에까지 나풀나풀 스미어서
찰싹 달라붙더니
다시 핀다
엉덩일 까고 소피보다 들켜 낯 붉히듯 뿔그스름한 이파리가
매달려 얽매인 꽃잎보담 훨씬 더 이쁘다

서쪽 빛 비치는 마애불을 친견하다

암릉 벼랑에 갇혔어도 믿기지 않을 만큼

부리부리한 눈매에다 콧방울 펑퍼짐하게 눕히고 잔잔히 웃는
볼과 입술과
보드랍게 걸쳐 입은 가사 주름이 뚜렷하다

천년하고도 몇백의 세월이 흘러갔어도
세상을 대하는 모양이 똑같다

지긋하게 서쪽 빛 비치는 마애불의 본래면목을 물들여 온 나
역시 많이 달라진다
한결같이 웃는 버릇이 생긴다

쇠하면서 흐리거나 변하지 않고
흐릿해지면서 선명한 영원의 윤곽이 새로 잡힌다 이제야
비로소 너를 대하는 태도가 분명해진다

전율

붉은머리오목눈이가
밤새 큰 눈 얹혀 휘어진 대나무 등뼈
툭 치듯

아이쿠, 힘들어, 우듬지를 바르르 떨며
곧추서듯

그 떨림으로 뒤뜰 대밭
일제히 일어서는 소리에 고샅길 눈 치우는 허리가
따라 펴지듯

이제 막 잠 깬 마루 밑 고양이 하품하며
늘어지게 등 휘며 네 다릴 곧게 쭉 뻗으며
온몸 부르르 떨 듯

그런, 아무것도 아닌 것 같은 작은 일
크게 한판 저질러 보자

호박꽃

폐가 마당귀에 물컹하니 짓무른 청둥호박
새순 떡잎을 갉아 먹으며 애벌레가 기어 다닙니다

폭삭 무너져 죽은 줄만 알았던 숨이, 혈색이 되살아나 넝쿨로
뻗고 꽃을 놓습니다
젖 먹는 힘 다해 흉허물을 다 덮어 갑니다

그 누가
그 누구의 가계사가 대대로 살 듯이 죽고
죽듯이 살았는지
일러주듯 벙글어진 그 속으로 일벌 몇몇이
싱싱 날아들어 환해집니다

어치

지저귀는 것이 아니라
맹렬하게 덤벼들 듯 짖어 댄 걸 봐서는
뭔가 사달이 난 모양이었다

고샅 가죽나무 가지와 대문채 지붕 위를
팔짝팔짝 건너다니며 떼서리 지어 울부짖고

그 아래 호피무늬 길고양이
살굿빛 한일자 눈알을 휘돌리던 중이었다

힘 있는 부름에 동원돼 나서는 길
팽팽한 경계의 사이에서 발끝 딱 멈춰 선 나는
끼어들면 안 되는 줄 뻔히 알면서 편들 듯

날갯죽지 물려 파들거리는 쪽으로 눈길이
끌리는 것을 어찌할 수 없었다

압장壓葬

하마터면 갈릴 뻔하다, 주춤 비켜났더니
상장喪章을 단다 문상 온 듯
멧노랑나비 흰나비 범나비
팔랑팔랑 날아와서는 걸게 차린 한 상 받아먹고 가고 뒤늦은
까마귀
곡소리처럼 흐느껴 울던
몇 날 며칠
으깨어 깔아뭉개고 짓이겨 운구하는 상엿길 건너
흰 매화 벙글어진 와옥 처마 밑에 젖배 곯은 강아지, 강아지들!
호읍하듯 우짖는 풍경 속의 놋쇠 물고기도
부레 가득 푸른 숨 불어 넣고는 잘그랑거린다

백내장

날마다이다시피 오가는 산속
더덕 송이 캐고 어린 도라지 영지버섯 몇 송이
봐 두었단 소리를 듣고서는

사계절 수려하게 빚어진 절경이
더 이상 뵈지 않았다

박새와 살구나무

꼬박 일 년이 다 걸렸다
곡성 입면 서봉탑동 길 작은 도서관 대문께
붉은 우편함
빌려
깃들던 박새 내외
편질 잘 받았다고 노란 테두리의 새끼 입을 쫙 벌려 지저귀는
그러니까 작년 이맘땐가
샛노랗게 잘 익은 열매 후려치는 장대에 혹은 폭우에
생채 찢기고
금 간 어깨뼈가 다 아물었다고,
이젠 팝콘 튀기듯 연분홍 꽃망울 돋는 나뭇가지에다
보금자릴 틀어도
괜찮다고 보내온 소식이었다

곰솔
―벗들에게

곰솔 보러 가자
내 본적의 북쪽에서
가장 가까운 바닷가 고창군 해리면
군부대 해안초소가
철조망치고 결삭은 백사장 가 보자

살짝 허릴 굽힌 채 서로가
서로의
속엣말 들어주고
곧은 나무는 곧게 굽은 나무는 굽게 연리하듯
껴안고 기대고 받쳐 주고
더러 창공을 향해 기지개 켜며
이제 좀 살 것 같다고
외치는 듯 뻗지른 해수욕장 곰솔밭에 가 보자

기뻐 흥뚱거릴 때 말고
노엽거나 시름겨울 때 해풍에
생가지 찢기거나 뿌리 들려 드러누울 때

너와 내가 어떤 자세를 취할지, 일러주는
바다 소나무 보러 가자
폭풍우 몰아치는 파도 방풍하듯 막아 주는 아니
아니 막아 주는 게 아니라 하냥 맞아 주는
푸른 동색의 곰솔을 보러 가자

조성국과 그의 '얼뚱아기' 적 말들

고재종(시인)

조성국과 그의 '얼뚱아기' 적 말들

1

1991년이던가. 어느 날 일단의 청년 시인들이 담양의 우리 집을 찾아왔다. 조성국·김호균·윤정현·고규태와 또 몇 명 더 있었던 성싶다. 나는 당시 고향에서 농사를 짓고 농민운동을 하며 시집을 두 권 정도 낸 참이었다. 초등학교 동창이 운영하는 오리탕집으로 그들을 데려가 소주와 함께 문학과 오월 그리고 민족·민주·민중이라는 담론에 대한 실천 의지로 뜨거웠던 식탁은 말만으로도 무척 풍성했다. 특히 '시와 삶의 일치'라는 가 닿을 수 없는 꿈을 꾸던 그들은 아, 얼마나 아름답던가!

그들 중 조성국이라는 시인은 귀공자 타입으로 용모마저 수려한데 말은 별로 없이 자기 술잔만 묵묵히 비우고 있었다. 나를 맨 처음 광주에 불러 준 윤정현을 통해 알게 된 바로는, 숫기가 별로 없는 듯한 조성국이 얼마 전 감옥을 다녀온 친구

라는 것이었다. 조선대에서 《민주조선》이라는 매거진을 만들고, 학내 민주화운동에 앞장서는 바람에 경찰에 쫓기다가 한밤중에 무등산 청옥동 저수지에서 주검으로 발견된 이철규가 있었다. 그와 단짝 동지여서 그 모든 일을 함께한 죄로 "이적 단체 고무하고 찬양한 데다가/ 적을 이롭게 하는 표현물 제작하고 배포해서/ 국가를 전복시키는/ 극렬분자"가 된 조성국도 경찰의 수배를 피해 오랫동안 잠행을 하다가 결국 잡혀 실형을 살았다는 것이다.

물론 그는 그 전해 1990년에 수배 당시의 이야기를 「수배일기」라는 연작시로 써서 《창작과비평》으로 당당하게 등단한 시인이기도 했다. 그는 지금도 그때의 수배생활과 징역이라는 '악몽'으로 곧잘 가위눌리는지 재작년에 낸 네 번째 시집 『귀 기울여 들어 줘서 고맙다』에서 다음과 같이 표현하고 있다.

불신검문의 수갑과 붉은 방 밧줄에 매달아 살점 도려내는 비명, 비명으로 항거하던, 끝까지 입 다물고 죽음으로 견디며 항거하던// 밤 깊은 간이역 근방에서 적개심 피곤한 눈꺼풀을 잠시 내리고, 스스로 초췌한 수인이 되는, 꿈속에까지 찾아와 내 눈알을 뽑고 목울대 졸라, 가위눌리는

— 「악몽-수배일기 12」 부분

그럼에도 그 고통이 "내내, 저를 일깨워 주며 버티도록 힘깨나 북돋아 주는" 경험이었다고 의연하게 고백하는 조성국. 그러기에 그는 민주화운동 보상금을 타는 것도 거부한다. 오리탕집에서의 만남 이후로 나는 그를 자주 만났다. 그는 징역 이력 때문에 취직을 할 수가 없어서 부모 도움으로 조선대 정문 앞에다 '통일서각'이라는 서점을 차렸다. 나는 광주에 나가게 되면 충장로에 있는 삼복서점과 나라서적을 거쳐 통일서각에 들르곤 했다. 거기서 당시 '광주청년문학회' 회원들과 바둑을 두고, 기회 있을 때마다 술도 마시고, 또 꽤 많은 책을 구입하기도 했다. 박경리의 『토지』 17권을 구입한 것도 통일서각에서였다. 서점 운영으로 한 달 생활비 정도는 벌어야 하는데 거기에 못 미쳐도 늘 말이 없이 피식 웃음만을 곧잘 짓던 조성국. 그의 고운 얼굴에 반해서 나는 책을 부지런히 사 줌으로 생활비 벌충을 해 준답시고 했었다.

그렇게 항상 문학모임에서건 어디서건 주저주저하고 뒷전에서 서성이는 정도였던 그가 말없이 감옥을 다녀올 정도로 마음이 단단하고, 또 사랑을 쟁취함에 있어서는 그보다 더 뜨거운 열정과 투지를 보여 줌으로 내게 감동을 주었었다. 당시 회자되는 이야기로는, 조성국이 한 여자를 사랑하게 됐는데 하필 그 여자의 아버지가 경찰이었던 것이다. 그 여자가 사는 집은 '닭전머리'에 있었는데, 어느 날 그는 그 집 대문을 발로 차 버린다.

종내는 머리끝까지 차오른 술김에 오지랖 넓은 형 의지하고 밤
늦게 찾아가 방화 철문 차며 버럭 고함질렀다가 하마터면 엽총
맞을 뻔했던 집, 멱살 허리띠 잡힌 채 경찰서에 끌려가 고성방가
범칙금을 물게 했던 집

— 「닭전머리 그 집」 부분

이렇듯, 선배와 함께 술을 마시다 사랑하는 여자의 부모에
게 허락을 받지 못하는 사연을 토설하자 선배가 부추겼겠다.
'찾아가서 담판을 지어라!' 그런 정도의 부추김에 불같은 힘
을 얻어 한밤중에 그 여자의 부모 집을 찾아가 철 대문을 냅
다 차 버린 것이다. 결국 엽총을 들고 나오며 죽여 버리겠다는
훗날의 장인에게 붙들렸는데, 사실 그는 "내 현상수배 전단을
수첩 갈피에 구겨 넣고 다니던, 꿈에도 생각지 못한 수갑 소리
의" 주인이었던 것이다. 다행히 딸아이를 사랑하는 그 열정을
높이 샀던지 고성방가한 죗값 정도를 물리고, 결국 "토종닭
씨암탉 뒷다릴 살갑게 쥐어 주며 조 서방, 어떤 놈이 해코지
하면 말만 해, 내 책임지고 모가질 비틀어 버릴 텐게." 하며 호
탕하게 사위로 받아들였다는 이야기의 주인공이 조성국인데,
이는 그의 첫 시집에 시로도 형상화되어 있다.

그런 조성국은 결국 통일서각을 접고 매형의 회사에 취직한
다. 하지만 시인인 그가 뛰어든 사업에서 그 역량을 과연 얼마
나 발휘할 것인가. 으레 짐작되는 바대로 "조출 철야에다 연대

보증까지 선 농공단지의 복층 유리공장/ 쫄딱 망해 먹고/ 빚 피해 다니"는 처지가 되고야 만 것이다. 그 때문에 회사에 취업한 뒤로 만나기가 힘들었던 그를 2006년께 다시 만나게 된다. 나는 그와 함께 술을 마시며 '이왕 이렇게 된 처지에 이번에 시집이나 내자'고 권유했다. 1990년에 그것도 창비로 등단한 시인이 17년 동안 시를 접고 살다니! 지금은 이런 말을 하기가 좀 조심스럽지만, 사실 당시 리얼리즘이나 민족진영 시인들이 시집 내기를 가장 바라 마지않았던 창비라는 잡지 출신의—사실 지금까지도 광주·전남 시인들 중에서 유일한 창비 출신의— 시인이 시집을 내지 않은 경우는 또한 조성국뿐이었다. 내 권유를 받아들여 그는 그간 남몰래 써 온 시 200편가량을 내게 가져왔다. 그래서 그와 나는 광주 용봉동의 내 마누라가 출근하고 텅 빈 집에서 그의 시에 대해 토론을 했다. 꽤 오랜 기간의 그 공부 내역을 조성국은 최근 계간지《문학들》에서 밝힌다.

솔직히 말하면 내게 시(詩)의 수련기가 있다면 고재종 시인이 맨 앞이다. 그의 시의 발자국을 따라 여기까지 왔다 해도 과언은 아니다. 실제로 내가 첫 시집을 상재할 때도 옹색하게 '성마른' 나의 시를 책상머리에 앉혀 놓고 조목조목 일러주던 그 호된 따뜻함으로 인해 내가 시를 져버리지 않고 예까지 오게 되었는지도 모른다.

—《문학들》 2023 봄호

나희덕이 "18년 만의 첫 시집이라니!" 하고 놀란 것처럼, 2007년 드디어 조성국의 첫 시집이 나왔다. 조성국만큼이나 나는 기뻤다. 그가 그의 시집 제목대로 '슬그머니' 낸 시집은 결코 슬그머니 낸 것이 아니다. 그는 나의 호된 비판을 대개는 고스란히 받아들였지만 그 속내야 어떠했겠는가. 그의 첫 시집의 시들이 대체로 짧은 이유는 그처럼 같이 공부하면서 모든 클리셰들을 가차 없이 잘라 낸 때문이다. 이 첫 시집은 한국문화예술위원회의 '2007우수문학도서'로 선정된다. 나는 그의 첫 시집에 다음과 같은 표4를 남겼다.

풍경과 인사(人事) 속에서 어떤 절정의 순간을 포획하는 조성국의 짧은 시들은 대개는 하나의 이야기를 거느리고 있다. 그건 아무래도 그가 시 겉면에 드러내는 탐미적 태도나 서정적 진실의 순간에 대한 탐닉에 머무는 것을 지양하고, 인간과 자연, 인간과 인간, 인간과 우주를 한통속으로 아우르고 싶은 관계적 상상력을 추구하고 있기 때문이다. 관계는 늘 서사를 거느린다. 아울러 관계는 기적을 부르기도 한다. 일찍이 신학자 마르틴 부버가 설파했듯 '나'는 '너'로 인해 '나'가 되는 그런 관계로 말미암아 은혜(恩惠)의 숨결이 스치는 세계를 꿈꾸기에, 그의 시는 한편으로는 먹고사는 일로 인해 "청동기의 집" 때부터 "핏자국" 찍어내는 사람들의 "적의한 눈빛"을 잊지 않는다.

— 조성국, 『슬그머니』 표4

여기까지다! 나는 그 이후 조성국이 광주전남작가회의의 사무국장을 하고, 대안학교인 광주지혜학교의 행정실장을 하고, 조태일문학상운영위원회의 사무국장을 하고, 시집을 세 권이나 더 내고 하는 등의 일에 별로 아는 바가 없다. 그는 그 사는 대로 살고 나는 나 사는 대로 살다 보니, 나는 벌써 70 나이를 바라보고 있고 그도 환갑을 넘기고 있다. 『논어』「자한」편에서 "흘러가는 것이 이와 같구나! 밤낮으로 쉬지 않고 흐르는구나!(逝者如斯夫, 不舍晝夜)라는 말이 나온다. 공자가 냇가에서 흐르는 물을 보고 그렇게 탄식한 것처럼, 세월의 무상함에 대고 우리가 크게 소리쳐 꾸짖은들 세월이 콧방귀나 뀌랴. 이처럼 나나 조성국이나 지금껏 크게 뭘 이룬 것도 없이(!) 세월의 무상함을 탄식하게 된 나이에 이르게 된 것이다.

2

아니나 다를까. 그는 이번 시집에서 집과 가족 이야기를 앞세운 뒤 그곳에서 느끼는 세월의 무상함을 자연의 여러 생명력 있는 존재들의 위로로 씻어 낸다. 그는 먼저 세월 따라 여러 집을 전전한다. 유년 시절의 수수깡으로 엮은 초가, 아버지가 발령받은 곳의 일본식 관사, 청년 시절의 시멘트 블록 쌓은 개량주택, 군대 대의 내무반 침상, 징역살이한 곳의 흰 벽 하얀 방, 장가들어 산 붉은 벽돌의 단독주택, 빚보증 서서 살게 된 고층 골조아파트 등을 전전했으나 유년 시절 삼대의 열두 식구가 함께 살던, 밥을 든든히 먹었어도 금방 배가 꺼지는 단칸방이 가장 살가웠다고 한다.

그 집이 「본가」였을진대, 본가는 이미 "집 팔라고 꼬드기는" 복덕방 연락처 따위나 붙은 채로 빈집이 되어 있다. 퇴행성관절염을 앓던 엄마는 요양원 가서 돌아오지 않고, 손녀 먹일 젖을 곰국인 양 생각하고 마신 아버지는 병환이 일었고, 형은 천형 같은 간질을 앓고, 누나는 암에 걸려서 각종 보험을 타게 되니 빚을 털게 되어 오히려 흥분된다는, 그 바람에 요새는 텅 비어 버리게 된 집이다. 그런 집에 와서 "간만에 손깍지 베개를 하고 대청마루 누워/ 늑골 같은 천장 서까래 세다 스르르 눈까풀 내리고야/ 큰대자로 눕기는" 해 본다. 하지만 그런 '나' 또한 도회의 아파트에서 실직의 세월을 지새우며 이른 아침 딸애를 학교 노랑버스에 실어 보낸 뒤 좌판에서 채소 봉다리나 받아 오는 심부름을 하고, 대문까지 차대며 쟁취한 사랑과는 "각방 쓴 지 오래되었다". 그럼에도 "난데없이 이웃집 장독 박살내고/ 귓불 세차게 붙들린 채 성큼성큼 대문 안으로 이끌려 오는 아잇적만 같아서/ 내 새끼 몸에서 손 떼라고 내 새끼 기죽는 꼴 못 본다고/ 솔찬한 장독 값을/ 당장 물어 주던 엄마만 같아서" 결코 팔 수 없는 본가다. 현재 그가 살고 있는 아파트 또한 "갈라서자며 가슴에 도장을 품고 다니기도 했으나/ 늦은 밤// 기침 소리가 나면/ 이마 머릴 한번 짚어 보려고" 아내의 방문 앞을 자박자박 서성거리곤 하는 집인 것이다.

구스 반 산트 감독의 영화 〈아이다호(My Own Private Idaho)〉의 첫 장면이 생각난다. 황량한 들판 너머 끝없이 펼쳐진 길이 있다. 빠르게 흘러가는 구름장들이 어두운 그림자를 드리우지만, 그 길 끝에는 눈에 익은 집과 나무 한 그루, 그리고 따뜻한 무릎에 아이를 누인 채 "걱정 마, 모든 게 잘 될 테니" 하고 속삭이는 어머니가 있는 풍경이 다가온다. 그 풍경들과 오버랩되며 거친 물살을 거슬러 올라 자신이 태어난 곳으로 힘차게 회귀하는 연어 떼를 클로즈업시키는 도입부의 세피아 모노톤의 화면이 강렬하다. 조성국은 「집에 대하여」에서 밝힌 대로 여러 집, 곧 많은 길을 전전했다. 그 길 곧 인생길에서의 방황과 고투는 다음의 시에서 잘 표현되고 있다.

가까이 갔다 싶으면 달음박질치고,

멀리서 뒤돌아보면

그냥 잡힐 것같이 다가오고, 가만 놔두면 금방 좀 슬고,

시척지근해져, 내다버릴 수밖에 없는,

간혹 헛물만 켜져

조석으로 뜨거운 맛을 봐야 정신 차리는,

두드리면 두드린 대로 강해지고,

촘촘하게 깎으면

깎인 대로 빛나고, 쪼면 쫄수록 엄정하고,

닦으면 닦은 대로

광채 발하는,

머리칼 잔뜩 세고, 뼛속에 바람 드는 나이에야 어렴풋이 짐작
되다가,

언젠가 아픈 내 몸이 어쩌다 안 아픈 한순간,

딴 세상이 보이던, 그런

그런 날, 흐리마리하게나마 보이다가, 이내 긴가민가한 물음이

생기고, 또 생기는, 그저 알다가도 모르겠고,

모르다가 무릎을 딱! 치며 아하, 하고 그랬다가

또다시 모르겠는,

살면 살수록 모르는 것투성이의, 이건 도대체 뭘까, 묻기에,

엉겁결 대답해 버린,

그것이 정답인지는 아직까진 잘 모르겠으나,

지랄같이 이런 걸 이어받고, 또 이어 주는지, 인생이,

가물가물해지며, 참 아득해지는

— 「스무고개」 전문

  이 시처럼 인생이란, 인생길이란 정녕 스무고개와 같은 것
이다. 스무고개를 다 넘고 넘지만 사실 정답이 없는 인생길
은 근본적으로 권태와 황홀, 환멸과 광채로 변주되며 세월 속
으로 수렴된다. 세월이라는 생애 동안 많은 길을 거치며 '나'

라는 주체가 가뭇없이 사라지게 되는 이 허무와 고통 때문에 "걱정 마, 모든 게 잘 될 거야"라고 아이를 토닥이는 어머니, 그리고 그것과 오버랩되며 거친 물살을 헤치고 필사적으로 삶의 근원으로 회귀하는 연어 떼의 풍경! 이라는, 영화의 강렬한 시퀀스를 누구도 잊지 못하는 것이다. 그래서 조성국이 '본가'라는, 이제는 추억이 된 공간을 그리워하는 데 죄는 없다.

조성국의 집의 시편 다음엔 자연시들이 있다. 그는 왜 도시 아파트에 살면서도 이토록 많은 자연시를 읊어 댈까. 자연은 '무주공산'이 아니며 누구나 마음 놓고 즐기거나 귀의할 곳이 아닌데도 말이다. 낸시 프레이저, 『좌파의 길』에서 "우선 자연 오염과 제국주의적 수탈의 내적 연계부터 살펴보자. 무주공산이라는 주장과는 반대로, 자본이 전유하는 자연의 막대한 부분은 실은 늘 어떤 인간 집단의 생활 조건, 즉 생활 터전, 의미 충만한 사회적 상호작용의 장소, 생계수단, 사회적 재생산의 물적 기초다." 그런 자연이기에 명산 명소에는 이곳저곳 셀 수도 없이 골프장이 생기고, 강가 호숫가엔 러브호텔이 생기고, 벼농사 잘 짓던 전답에는 가든음식점이 즐비하게 들어서서 이제는 포화상태에 이른 것 아닌가. 나는 오래전에 이런 자연을 '골프군 러브호텔면 가든리'라고 명명한 적이 있다. 그런 측면에서 보자면 조성국의 자연은 무척 전근대적인 자연이라고 할 수 있다.

집 앞 산턱 생강나무꽃과 벚꽃이 속삭인 걸

귀여겨들었다 공연히

두꺼비 어엉 어엉 우는 파초 잎 아래 비 들이치는 걸 듣고

먹감나무 꼭대기에 홀로 앉아 홍시

까악 깍 찍어 대는 검정 부리의 새소릴 듣고

동구 밖 냇가 나목 가지에 긁히며

하늘 한가운데로 치솟아 오른 월색이

이마 머리에다 문신처럼 푸르게 새기는 것을 가만 내버려 두기
도 하고

은비늘 반짝이며 하늘로 튀어 올라가듯

밤바람 거스르는 엽어의 꼬리지느러미 소리를 알아듣기도 하였다

이제는 분내 풍기는 여자도 사람으로만 보는, 귓바퀴 순해진
사내의 내가

인간의 말을 점점 잃어 가며

얼뚱아기인 양 사계절 말들을 따라 배우듯 옹알거렸다

　　　　　　　　　　　　　　　　ー「내 몸에서 흙내가 나기 시작했다」 부분

　시에 나타난 표현만 보면 참으로 아름다운, 어쩌면 거의 신
화적인 시다. "생강나무꽃과 벚꽃이 속삭"이는 소리를 듣고,
"월색이/ 이마 머리에다 문신처럼 푸르게 새기는 것을 가만
내버려 두기도 하고", "은비늘 반짝이며 하늘로 튀어 올라가
듯/ 밤바람 거스르는 엽어의 꼬리지느러미 소리를 알아듣기
도 하였다"고 하는 시인은 어떤 접신의 경지에 든 것 같다. 어
쩌면 이런 접신의 경지를 표현하려고 해서인지 그의 시에는

많은 방언이 활개를 친다. 위 시는 의외로 방언이나 잃어버린 말들이 거의 사용되지 않고 있지만, "이제는 분내 풍기는 여자도 사람으로만 보는, 귓바퀴 순해진 사내의 내가/ 인간의 말을 점점 잃어 가며/ 얼똥아기인 양 사계절 말들을 따라 배우듯 옹알거렸다"는 표현에서 보듯, 어쩌면 그의 방언들은 합리적이고 표준적이고, 중앙집권적인 문명의 말 이전에 자연과 땅과 살붙이들과 하나 되어 조화롭게 살던 어떤 지역, 어떤 사람들의 얼똥아기적·본래적·자연적인 말이다.

문제는 '식인 자본'의 자연착취와 인간의 환경오염이 극에 달한 처지에서 전근대적인 자연관, 얼똥아기 적 방언이 어떤 의미가 있는가이다. 조성국의 방언 사용을 좀 더 깊이 들여다보면 백석의 시들에 그 젖줄을 두고 있는 것 같다. 백석 시의 제1의 특징은 토속적 방언 사용이다. 백석 시에 나오는 뭇사람들, 유난히 작고 가냘프고 여린 풀꽃과 곤충과 동물들, 수백 가지가 넘는 음식물들, 그리고 북방정서를 담은 놀이와 풍물들이 투박한 방언 속에 생명의 공동체로 어우러져 있다. 시인 이동순은 백석이 이런 방언 사용을 통해 "식민 통치자들의 제국주의적 규범화와 규격화, 구별화의 강압에 반대하면서 다듬어지지 않은 투박한 온갖 개성들의 다양한 목소리로 자연과의 화해 속에 이루는 우리 고유의 정서와 따뜻함을 노래한다."고 말한다. 문학평론가 김재용도 "근대화되면서 지방 언어들이 표준어의 압력에 굴복하여 사라지는 순간 구체적 삶의 언어만 사라지는 것이 아니라 그 언어의 몸이라 할 수 있는 구체적 삶의 현실도 사라진다."고 말하며 이는 일차적으로 표준어에 대한 저항이지만 근본적으로는 근대의 중앙집권화와 물신화에 대항하여 인간과 자연의 진정한 삶과 조화를 구하고자 하는 시도였다고 평가한다.

이런 백석의 방언 사용에 그 뿌리를 대고, 또한 잊혀 가고 잊어버린 우리 고유의 말을 찾아내 자기만의 독자성을 얻어내려고 하는 조성국의 시도는 일단 좋은 점수를 줄 수 있다. 요새의 부박한 문화주의에 근거한 많은 도회시들이 마치 대중예술의 트렌드처럼 반짝 피어났다 사라지기를 반복하는 시대에, 조성국이 존재의 근본과 근원인 집과 자연에 터를 대고 그 토착어들을 통해 삶의 근본성을 회복하려는 시도는 우리 시단에서 흔치 않기에 관심을 가질 만하기에 충분한 것이다. 하지만 한 가지, 조성국의 방언 사용은 너무 작위적인 면도 없지 않다. 그는 사장된 순우리말과 북한의 문화어(표준어)를 일부러 찾아 쓰는데, 그게 나쁠 것은 없지만, 어떤 경우 시의 개연성에 트러블을 일으킬 수도 있다는 것이다. 과유불급이라는 말이 있어서 하는 말이다.

그리고 1930년대 백석이 체험하고 꿈꾸고 표현한 집과 자연과 풍물은 100년이 지난 지금은 더 이상 없다. 그런데 여전히 전근대적인 집과 자연을 지금은 잘 안 쓰는 우리 고유의 말과 방언을 통해 구축하려는 조성국의 시는 지금 어디쯤에 있을까. 식인 자본의 자연착취와 인간의 환경오염이 극으로 치닫는 이 상황은 어떻게 표현할 것인가.

그래서 나는 「뒤란」에서 "응달진 데에서/ 웅크리고 혼자 울던 홀앗이 어미의 서늘한 눈물방울 어리듯/ 이슬 맺혀 처진/ 은방울 꽃대가 가슴을 짓눌러 오긴 하였으나/ 구텡이로/ 뒷구텡이로 밀려 눌린 것들은 언제 봐도/ 남 같지가 않다"고 한 구절들이나, 「솔밑재」에서 "벼락을 빌려 제 가지를 내리치던/ 내려쳤으나/ 부러지기는커녕 벼락마저 삼켜 버린 노거수가 있지/ 차마 못 볼 꼴 보며 산 죄가 너무 많다는 듯/ 사지 뒤틀린 소나무 한 그루/ 누운 듯 서 있지"라는 표현들, 그리고 「백내장」에서 "날마다이다시피 오가는 산속/ 더덕 송이 캐고 어린 도라지 영지버섯 몇 송이/ 봐 두었단 소리를 듣고서는// 사계절 수려하게 빚어진 절경이/ 더 이상 뵈지 않았다"라는 시가 좋다. 이 시들은 모두 자연과 인간이 따로 놀지 않는 작품들이어서다. 그리고 다음의 시를 보라,

산불에 타면서
꿈적 않고 웅크린 까투리의 잿더미
요렁조렁 들추다 보니
꺼병이 서너 마리
거밋한 날갯죽지를 박차고 후다닥 내달린다
반 뼘도 안 되는

날개 겨드랑이 밑의 가슴과 등을 두르는 데서

살아남은 걸 보며

적어도 품이라면

이 정도쯤은 되어야지, 입안말하며

꽁지 빠지게 줄행랑치는 뒷덜미를

한참이나 물끄러미 쳐다본다

— 「한참이나 물끄러미 쳐다본다」 전문

인재건 자연재해건 간에 불로 인해 산이 불타면서 아마 알을 품고 있던 까투리가 그 알을 보호하려고 알을 감싸 안은 채 그대로 소신불이 된 모습을 쓴 시다. 그런데 그 까투리의 타다 남은 사체를 헤집다 보니 어미의 날개 밑에서 알을 깨고 깨어난 꺼병이 서너 마리가 냅다 튀어 후다닥 내달리는 것 아닌가. 참으로 가슴 뭉클하고 황홀한 장면이다. 그걸 포착한 이 소품은 결코 내용적으로는 소품이 아니다. 자연은 그런 것이다. 인간이 아무리 자연을 훼손한다 해도 자신의 생명력으로 되살아나 후대를 잇는다. 심지어 자연을 훼손한 인간까지도 궁극적으로 품에 안아 흙으로 수렴해 가면서 말이다. 조성국이 궁극적으로 가 닿을 집과 자연이 실제 현실에 기반한 존재의 집과 생태 사슬 속 자연이어야 한다면, 방언과 함께하는 언어 실험도 좋지만 그 언어가 최소한의 철학적 사유를 통한 깊이조차 확보해야만 한다는 사실은 본인이 더 잘 알고 있을 것이다.